Lulu

Lulu

Mircea Cărtărescu

Traducción del rumano a cargo de
Marian Ochoa de Eribe

Con una introducción de
Carlos Pardo

IMPEDIMENTA

Título original: *Travesti*

Primera edición en Impedimenta: noviembre de 2011

Copyright © Mircea Cărtărescu, 1994
Todos los derechos reservados y controlados por Suhrkamp Verlag Berlin
Copyright de la traducción y de la introducción © Marian Ochoa de Eribe, 2011
Copyright de la presente edición © Editorial Impedimenta, 2011
Benito Gutiérrez, 8. 28008 Madrid

http://www.impedimenta.es

Diseño de colección y coordinación editorial: Enrique Redel

Esta obra ha sido publicada gracias a la ayuda concedida por el Instituto Cultural
Rumano dentro del Programa de Subvenciones para la Traducción y Edición.

INSTITUTUL
CULTURAL
R O M Â N

ISBN: 978-84-15130-19-2
Depósito Legal: S. 1.428-2011

Impreso en España

INTRODUCCIÓN

∽

EL ANIMAL DEFECTUOSO
por Carlos Pardo

La historia de la literatura está llena de opiniones prestigiosas que uno escucha varias veces a lo largo de su experiencia como lector, cada vez con más desconfianza. Así, se dice que los temas no se eligen, sino que *nos* eligen, que deberíamos escribir solamente de aquello necesario (como si fuera fácil distinguirlo de lo gratuito) y que la perfección se da cuando forma y contenido se acoplan de manera perfecta, esto es, cuando el libro inventa su propio género.

Uno se ha vuelto desconfiado con unas afirmaciones que casi siempre vienen a justificar los buenos propósitos del escritor y no lo que uno percibe al leer la obra, pero si ahora me acojo a estas tres premisas (el tema que ha elegido al autor, un tema absolutamente necesario para él y que además le obliga a una escritura de búsqueda) es porque me han parecido evidentes en *Lulu*. Incluso, por seguir con las frases hechas, cuando uno termina *Lulu* tiene la sensación de que los libros se escriben a pesar de sus autores, atentando contra su tranquilidad y su bienestar.

Digámoslo desde el principio para que nadie se confunda: *Lulu* es una experiencia límite. Para su autor, que puso cada escama de su piel (irisada, fugaz, ambigua, contradictoria) hasta gastarse el alma. Pero también para el lector, que avanza por una intimidad contagiosa sin desear saber del todo qué está pasando, fascinado por la belleza poliédrica de la araña que devora a ese pobre insecto inmovilizado por el veneno y plenamente sensible (el propio Mircea Cărtărescu) al final de un oscuro pasillo de su cerebro, porque quizá el lector es la próxima víctima.

Cuando Cărtărescu comenzó la escritura de *Travesti* (aquí *Lulu*, como en la traducción francesa), ya se había dado a conocer como poeta y narrador. Acababa de cumplir treinta y cuatro años y se sentía *«nel mezzo del cammin»*, pero lo que vio entonces no le pareció un motivo de orgullo sino una vida llena de carencias. Era uno de los grandes poetas rumanos: su parodia joyceana *Levantul* (1990) había fascinado a la crítica. Además, su libro de relatos *Nostalgia* (1993), que incluye esa breve joya titulada *El Ruletista* (Impedimenta, 2010), le había dado fama internacional. Pero lo refrenado empujaba y Cărtărescu hubo de recorrer sus propios infiernos.

Desde las primeras frases de *Lulu* encontramos la necesidad de acceder a algo personal, de escribir para sí, de ajustar cuentas con uno mismo antes de seguir fabulando.

Victor, narrador a la vez que destinatario del libro, es, como Cărtărescu, autor de un excelente libro de relatos, un escritor que mira su propio rostro en el espejo de la literatura y escribe: «Si la escritura es, como dicen, una terapia, si puede curar, debería poder hacerlo ahora. Voy a emborronar una página tras otra, voy a utilizar las hojas como vendas impregnadas, no de tinta, sino de lo que mi vieja herida supura».

Esa herida se llama Lulu y su historia puede contarse de una manera sencilla, si bien los espejos multiplicados en los que se refleja hacen tambalearse la identidad del propio autor y del lector. Probemos:

El joven Victor es un poeta poco dotado para la vida, un animal defectuoso como son todos los adolescentes, que descubre a los diecisiete años la capacidad de sublimación de la literatura. Está exiliado de la vida.

Diecisiete años después (la simetría es una divinidad peligrosa en la obra de Cărtărescu) ese exilio debe terminar. Victor tiene que volver a ser uno. Debe examinar una fractura quizá más vieja, oculta en alguna puerta cerrada de una niñez que lo asalta con pesadillas.

Pero volvamos al presente de la escritura. Victor, de treinta y cuatro años, escribe desde una retirada casa de los Cárpatos. Su madurez lo atormenta y asquea. Su vida, desde los diecisiete, ha sido una sucesión de «periodos con Lulu» y «periodos sin Lulu». Después de conocerla su vida perdió el equilibrio, pero ¿quién es Lulu?

Avancemos todavía un poco más en zigzag, como el narrador de esta historia: el joven Victor, de diecisiete años, comienza el verano en el campamento de Budila. Sus acompañantes son el poema *Soledad* de Rilke y *La metamorfosis* de Kafka, pero la verdadera compañía, que va desgastando su seguridad de poeta maldito, es un grupo de *teenagers* en plena efervescencia hormonal, adolescentes *hipsters*, subversivos, brutos e ingenuos en la Rumanía de comienzos de los años setenta. Victor pasea su atonía por los pasillos vacíos, feo, con una cara «demasiado pálida y asimétrica», ajeno a la iniciación de los demás en la vulgaridad del mundo. Él no se conforma con tan poco: ha elegido la totalidad. Es un poeta maldito de diecisiete años, lo que equivale a decir alguien negado para los placeres demasiado reales.

Entonces llega la mascarada final, la fiesta de despedida del verano en el campamento de Budila. Se encienden hogueras. El rock americano suena en los altavoces. Las muchachas se han maquillado con coloretes dorados que las hacen parecer más bellas y menos reales. Todo el mundo se ha disfrazado y hasta el propio Victor se siente un poco menos él mismo. Entonces hace su entrada Lulu. Lulu es uno de los compañeros de instituto pero ahora travestido de mujer y con su llegada se abre de golpe esa puerta de la infancia...

Lulu es una novela de aprendizaje de la madurez perteneciente a la tradición de las «vacaciones iniciáticas» que tan buenos frutos ha dado a la literatura, donde el adolescente suspendido en un tiempo de ocio forzoso se convierte en el campo de batalla entre el ideal y la realidad, pero que nadie piense en la evocación nostálgica de *El gran Meaulnes* o en las sutilezas eróticas de *Agostino*. Los jóvenes son jóvenes y sus apetitos similares pero la demoledora sinceridad de la escritura de Cărtărescu y del punto de vista de este narrador, Victor, que no quiere pactar con sus propios fantasmas, nada tienen de evocador. La suya es una herida demasiado viva que cruza su rostro desde la infancia para quedarse de por vida. Es la herida de la que nace la literatura.

No es exagerado decir que pocas veces se ha tratado con tanta intensidad (y en tan pocas páginas) la soledad del adolescente que decide «completar» la vida con la ficción, la pequeñez de quien sueña que va a ser un gran escritor, aunque su vida es deficiente, de quien está llamado para grandes cosas que nunca conseguirá. «Aunque fuera feo, yo estaba llamado a perdurar, no ellos, de mí y no de ellos se hablaría al cabo de diez años, mi libro y no su belleza daría fe de las esencias del mundo». Pero la promesa era todo el premio.

Por eso el tema de este librito es la sublimación: la capacidad de hacer del barro de nuestras miserias psicosexuales oro literario, pero oro insípido. El escritor maduro que ha terminado por vivir una vida normal, intercambiable con cualquier otra, con sus notables éxitos que se vuelven modestos cuando es uno quien los vive, no da en *Lulu* sus recetas de cómo escribir bien. Cărtărescu eligió tocar fondo para llegar al corazón de la necesidad de escribir ficciones, llámense estas prosa o poesía. En el corazón de las ficciones estaba aquello que hace del hombre un animal defectuoso, incompleto: el deseo de simetría. De donde nace, como escribe Victor, el «pensamiento, ese miserable seudónimo de la soledad».

Pero si el tema de *Lulu* es la capacidad de dar un complemento a la vida, la imagen que lo domina es la del andrógino: «reencuentro con la hermana o el hermano perdido, con la mujer reprimida en todo hombre y con el hombre escondido en toda mujer.» Quien se mira en el espejo ve el retrato del doble, aquel que uno pudo ser o puede llegar a ser dejando de ser él mismo, placenta o cordón umbilical, esa parte de nosotros mismos que ya nunca llegará a cumplirse y que nos haría un ser íntegro.

¿Qué hace de *Lulu* una obra necesaria también para el lector? No solo su capacidad para reconocerse en el drama de Victor, el incompleto, sino, sobre todo, que no es una obra egocéntrica. Cărtărescu emprende el retrato de unos cuantos personajes «muy reales» que viven sus problemas y su adolescencia ajenos a la cerrazón del narrador. Estos compañeros de campamento (Savin y Clara, Bazil y Lulu, Michi, Fil), tratados con una finura y generosidad, son otros tantos puntos de vista, compañeros en el viaje hacia la normalidad con el que comienza la madurez. Quien se adentre en *Lulu* debe saber que le espera la lucha con el propio ángel (arañas, galerías, muñecas sin ojos, pasillos donde uno debe perderse para poder ser él mismo) de la que saldrá fortalecido si es capaz de no guardarse nada, de no tener miedo al ver el propio rostro sin los afeites de la vanidad.

La herida no se curará, pero nos hará compañía de por vida. Es la literatura. La inventamos porque estamos incompletos.

No es fácil reproducir en nuestro idioma el estilo ágil y poco convencional de Mircea Cărtărescu, así que hay que agradecerle a la traductora Marian Ochoa de Eribe que haya emprendido con tanta fidelidad y ritmo la traducción de esta y del resto de sus obras: los relatos de *Nostalgia* y la trilogía simétrica, estructurada como las alas de una mariposa, *Orbitor* (1996-2007), que aparecerán próximamente en Impedimenta. La prosa de Cărtărescu puede ser detallista (como cuando describe la tristeza de la ciudad provinciana) sin perder por ello el eco de la alegoría. Uno tiene la sensación de que lo más cercano (con las propias palabras de nuestro idioma) es un misterio que debemos mirar de frente.

CARLOS PARDO

Lulu

Esta es mi alma, Raquel.
Rogad por ella.

TUDOR ARGHEZI

Amigo, ¿cómo voy a luchar contra mi quimera? Querido compañero, tú, el único para quien escribo, para quien he escrito siempre, ¿cómo voy a escapar de ese carmín que se extiende por mi vida como en el espejo de un lavabo y que no desaparece con nada, bien al contrario, que está cada vez más seco, más sucio y más diluido? ¿Cómo voy a sacar de mi cerebro aquellas tetas de guata, aquella falda de puta vulgar, aquella peluca, aquel artificio, aquel manierismo? Esa turbación, que da vueltas en mi cabeza como si fuera un jarabe espeso, baja hasta los huesos de la nariz, hasta las vértebras del cuello e inunda mi pecho con algo rojo y pegajoso, como si la imagen de Lulu fluyera en una mezcla de colores, en colorete fabricado con pis de gato, en perfume de esperma de marta cibelina, en flores exóticas, marchitas y sospechosas, en ojos maquillados con un rímel grasiento que se escurriera como en los cuadros de Dalí —se escurriera, se enviscara en torno a mí y chorreara sobre el asfalto hasta formar un charco como un seudópodo camino de la alcantarilla—. ¿Sabes, Victor, que mi soledad tiene en su blanca piel un forúnculo y que ese forúnculo se llama Lulu? ¿Sabes que he venido hasta aquí para recordar la piel de esa joven que siempre ha encontrado en mí un rincón sombrío donde acunar a su muñeca y que abajo —ahí donde el dobladillo de su vestido roza la pantorrilla de piel dulce y transparente—, he descubierto ahora un forúnculo miserable que se llama Lulu? Nieva tras los enormes y relucientes ventanales de la casa. No he encendido la luz del pasillo. Veo cómo el ocaso interpone sus filtros fotográficos entre las ramas nevadas del pino que respira junto a la ventana y yo, unas ramas que callan y que esparcen un silencio ceniciento. Y ese silencio ceniciento penetra por ósmosis a través de la membrana de las franjas de cristal y se posa en capas gruesas, transparentes, unas veces verdosas, otras ocres, pero casi siempre de un ceniciento pesado y transparente, en el gran recibidor helado. He ido al aseo y he contemplado, como en trance, el chorro fino de orina amarilla que caía lentamente en la taza de porcelana. En el aire oscuro, me he examinado en el espejo de encima del lavabo y he visto un rostro que, en el silencio y el frío y la soledad de esa habitación minúscula pero infinitamente alta, no era de hecho mi cara sino la tuya, Victor, mi querido y único amigo. Tú me mirabas porque yo te he llamado, y es tu inicial la que he escrito yo con mi dedo en el espejo, sobre tu imagen, después de empañarla con mi aliento. He sonreído porque en ese momento he pensado que tú no podías ser atacado por esta enfermedad de mi mente que se llama Lulu, que solo esa niña infeliz y yo hemos visto ese espantajo sucio, rezumante, que me ha llevado de la mano hacia sus tinieblas. De hecho únicamente yo lo he visto, ella lo ha sentido en la piel, como si estuviera vestida con una retina pura, mullida y sensible, y sobre ella, de esa insoportable imagen invertida, pequeña como un sello, hubiera surgido ese absceso efervescente. Tus ojos en el espejo, Victor, son hermosos, fuertes, nobles, de caballero honrado e intachable. Te he observado hasta que el aire del baño se ha tornado marrón oscuro y yo he empezado a temblar en ese pijama demasiado grande para mí…

He entrado en el dormitorio supercaldeado, donde únicamente la lámpara de la mesilla recortaba un círculo de luz sobre mis papeles y mis libros, el resto permanecía sumergido en una penumbra densa, he abierto la puertezuela enrojecida de la estufa y he contemplado fascinado, durante largo rato, las llamas verdosas-amarillentas-azuladas, como de arlequín, que jugueteaban allí con impertinencia. He apagado el fuego y luego la lámpara. En la ventana ha aparecido entonces la luna, redonda, penetrante, reluciente, corriendo por el cielo oscuro. Me he acurrucado en la cama, me he tapado la cabeza con las mantas y he soñado. Me encontraba en el vestíbulo sombrío de un edificio enorme, con gigantescas salas de mármol y monumentales escaleras interiores. Por la luz apagada de aquel recibidor alto y vacío, de baldosas cuadradas, era ya de noche. Yo estaba, con los pantalones bajados, sentado en un inodoro de porcelana colocado justo en el centro de la inmensa habitación. No sabía cómo había llegado hasta allí. Contemplaba mis pantorrillas desnudas y escuchaba cómo el silencio angustioso daba vueltas por el frío de la sala. Entonces se ha abierto una puerta de más de cinco metros de altura y ha empezado a entrar gente, cada vez más y más, que paseaba con gesto preocupado por el vestíbulo, sin dejar de murmurar. Yo seguía sobre el inodoro, en medio de todos ellos, angustiado, muerto de vergüenza, sin saber qué hacer ni cómo esconderme. Algunos se detenían junto a mí y me contemplaban con horror o les entraba la risa. Poco después, aquel espacio infinito estaba a rebosar y yo, ruborizado y lloroso, permanecía apartado, desnudo, mi coronilla a la altura de su pecho, y cubría con las manos mi sexo, que colgaba en el receptáculo de porcelana sucia.

Ahora es de mañana y te miro otra vez a los ojos. La palabra que dibujé ayer sobre el espejo empañado se distingue aún ligeramente si miras de soslayo. La tacho con pasta de dientes. La soledad lleva en su seno la semilla de la locura, incluso aunque hayas vivido toda la vida así, incluso aunque te hayas adaptado a la soledad y a la frustración. Soledad. Frustración. No me siento a la mesa, me hago un café e intento concentrarme, seguir escribiendo, apresarte en algún sitio. Cuando era pequeño cazaba mariposas, atrapaba un podalirio o un zapatero e insertaba en su cuerpo vermicular un alfiler, tal y como había visto hacer. Clavaba el alfiler en un corcho y observaba cómo seguían aleteando durante varias horas, cómo se aferraban con sus seis patitas filiformes al corcho poroso. Con esa misma crueldad y placer te clavaría en estas páginas, Lulu, contemplaría cómo te retuerces, cómo pones los ojos en blanco, cómo frotas tus alas de abyección, de lentejuelas y plastilina… Me siento ante la máquina de escribir, tu mesa de tortura, pero también la mía, porque no te puedo torturar sin torturarme yo mismo, tal y como no puedes abrir con el bisturí tu propio forúnculo, para vaciarlo de pus, sin gritar y sin retorcerte como un poseso.

Así pues: hace diecisiete años… Coño, ahora me doy cuenta de la coincidencia de las fechas: en 1973 tenía diecisiete años, y ahora treinta y cuatro. Así pues: hace diecisiete años, cuando yo tenía diecisiete y estaba justamente en la mitad de mi vida actual (pero, ¿cómo iba a saber eso entonces?), terminaba mi curso decimoprimero en el liceo Cantemir. Estaba mucho más solo que ahora, cuando estoy muy solo. Mi trabajo, por aquella época, era la soledad. La practicaba por las calles ocres y polvorientas de Bucarest, en sus barrios antiguos, desconocidos para mí hasta entonces. Caminaba todo el tiempo recitando versos en voz alta, espantando a los transeúntes con mis ojos alucinados, con mi cara pálida y asimétrica, con un bozo de pelusilla sobre mis labios cuarteados y mordidos. Buscaba las casas más antiguas, amarillentas, con adornos estúpidos y solemnes, o bloques raros, estrechos como una cuchilla, que lanzaban su sombra de gnomo sobre las plazuelas solitarias. Algunas veces entraba en esos bloques enigmáticos, penetraba en los portales que olían a viejo y a aguarrás, subía sus escaleras de caracol terriblemente estrechas, con pequeños rellanos de vez en cuando, donde, a la luz dorada de una ventana redonda, se retorcían las hojas polvorientas de un ficus o de un oleandro olvidado por todo el mundo, casi seco; subía hasta arriba, hasta la buhardilla, y llamaba a alguna puerta verde, que parecía llena de telarañas de tanto esperar. No me abrían las puertas chicas guapas y tristes, de ojos inmensos, sino, generalmente, viejos o amas de casa desaliñadas. Mascullaba algo y bajaba, salía de nuevo al sol homogéneo y plácido, volvía a recorrer las calles rayadas por los cables de los tranvías, me seguía adentrando en las zonas desconocidas de la ciudad. Bloques rosas, bloques rojizos con balcones apoyados sobre Atlas y Gorgonas con tetas de yeso amarilleadas por la humedad, estatuas enmohecidas en las que nadie más reparaba… Yo las abrazaba en mi soledad, acariciaba sus rostros desollados, las ayudaba a renacer en una realidad más profunda, en un ambiente metafísico y radiante. Con los tres *lei* que mis padres me daban cada día, me compraba una empanadilla de queso o un zumo y seguía caminando cada vez más lejos, murmurando para los árboles enjutos del margen del camino, para algún quiosco circular de periódicos, para el cielo de un azul como de cuadro surrealista: «La soledad se parece a la lluvia. / Se alza del mar hacia los atardeceres; / desde llanuras lejanas remotas / se va hacia el cielo, que la posee siempre. / Y solo entonces baja a la ciudad…».[1] Recitaba con patetismo, gesticulando, mirando fijamente a los que pasaban en sentido contrario. Me gustaban las ruinas, las casas medio derruidas, entraba en alguna habitación sin techo, con paredes decoradas con motivos *naíf* (horribles palmeras de color caca, ramitas azulonas decoloradas, todo ello sobre enlucidos rotos, deshechos, hinchados por la humedad), con excrementos humanos por los rincones, petrificados a su vez por el silbido del tiempo, con rectángulos amarillos sobre la pared allí donde antes hubiera cuadros o espejos. Un osito de peluche amarillo, deshilachado, pringoso, con un ojo de cristal colgando de su alambre, yacía sobre el suelo junto a un tubo rojizo. Arañas esféricas, de patas como hilos largos, permanecían inmóviles sobre las paredes. Gusanos cenicientos y compactos, con dos pelillos en la cola, se escurrían en las grietas, bajo las placas del enlucido. Permanecía una media hora en aquellos lugares habitados por el eco, terriblemente solitarios. Escribía algo, con un trocito de tiza o de ladrillo, sobre una pared azul. Volvía a casa por la noche, mirando cómo se perfilaba algún balcón minúsculo, negro como el betún, sobre la oscura llamarada roja del cielo. Esa era toda mi vida: versos escritos en cuadernos, versos recitados por calles amarillentas y ruinas mohosas. Por las noches no podía dormir, me levantaba de la cama y contemplaba la luna, que arrojaba oleadas de luz sobre el viejo Bucarest, un mar de tejados de barro atravesado por las llamas amarillas de los álamos. Era el dolor de las vísceras inútiles, de la carne pálida, del verano interminable. Ese dolor me ahogaba, era como un amor destructivo pero sin objeto, amor y languidez por nadie.

Julio pasó como una alucinación, como una única diapositiva con una plazoleta vacía y un bloque desmoronado. En agosto fui de campamento a Budila con otros compañeros de clase, y en esa palabra, Budila[2] —el váter, el retrete, la cloaca desquiciada y asquerosa, pero también el gigante Buda sonriente, con los ojos entornados, rodeado por un nimbo de perlas y llamas—, está concentrado todo. Nunca llegué a comprender qué sucedió entonces. Fueron imágenes y emociones pero ¿cómo estaban relacionadas entre sí? Fueron deslices de la realidad hacia el sueño y la alucinación. Mi vida se dividió a partir de entonces en periodos con Lulu y periodos sin Lulu. En los primeros, los borradores de aquellas vísceras psíquicas reaparecían siempre, no me dejaban respirar, perturbaban el rostro lúcido de la conciencia. Recuerdo el rosario de sanatorios en los que, en aburridas sobremesas, tumbado en mi cama de metal blanco, regresaba una y otra vez a aquellos acontecimientos del campamento de Budila, pensando en ellos como si de un dibujo místico, inextricable, se tratara… Contemplando a través de la ventana los bosques sombríos, nevados, deformados por las venas de hielo pegadas a los cristales… Escuchando distraídamente la música de los altavoces… Agobiado por los otros seres en pijama y batas rojas que me arrojaban a la cabeza pastillas de Novotryptin o me pedían que jugara a cartas… Y Lulu que me miraba fijamente a los ojos, con sus pupilas dilatándose y contrayéndose lentamente, su melena de hilos de cobre, ensortijada de forma fastuosa, flotando levemente en la corriente de aquella mansión enorme, allí, bajo la bóveda, en el centro mismo de mi cráneo… Los periodos con Lulu podían comenzar en cualquier momento y en cualquier lugar, en la calle o en la cama con una mujer o mientras escribía a máquina. Es difícil decir *qué* los provocaba, en cualquier caso no eran recuerdos o analogías concretas con lo sucedido en el campamento. Antes bien, se trataba de imágenes carentes de sentido: mañanas frías, tras la lluvia, en las que camino hacia el globo rubí de un sol apenas amanecido que se refleja en el asfalto húmedo y lo tiñe de rosa; determinados edificios compactos y amarillos…, rayuelas deformes dibujadas sobre la acera… Luego venían los terribles fenómenos fisiológicos e, inevitablemente, los internamientos. Entonces, en los periodos con Lulu, en las diferentes salas del hospital, escribí mis mejores obras, es decir, los relatos de *Niñas y gigantes*, con sus juegos mágicos y extraños, sus trenzas húmedas sujetas con bolitas de plástico, inmensos palacios de cristal con miles de estancias en medio de las cuales espera Iolanda…

Seguían los periodos sin Lulu, de una bella normalidad. Delia, el perro, el Peugeot, la obligación de escribir cinco páginas al día todos los días de mi vida… Listas kilométricas con las cartas que tenía que enviar, con los teléfonos a los que tenía que llamar, con invitaciones a simposios y mesas redondas, fechas de entrega de artículos y libros. Vacaciones en la montaña, visitas al dentista, gastos… derechos de autor… Las tachaba a medida que las iba resolviendo… Después, las novelas. La investigación de los ambientes. El cálculo de las cronologías. La amalgama de las historias. El arte combinatorio de las situaciones vitales. Los personajes, cada uno con su psicología… ¡Dios mío, el sufrimiento de tener que escribir un libro más, al menos de vez en cuando! Nunca he odiado a nadie tanto como al coronel Dionisie Rădăuceanu, el que creó mi reputación y me reportó bienestar. ¡Una porquería de personaje en una porquería de novela! Espero no tener que acabar jamás esa trilogía, pero eso mismo digo en todos los periodos con Lulu…

Y heme aquí, en el más agudo de todos ellos. Cuando todos los viejos trucos me han abandonado por el camino. He bebido hasta rozar la pancreatitis. He tragado tantas ampollas de Nevrasthènine que la piel de la cara se me ha vuelto verde-amarillenta como el veneno. He pasado dos semanas en el sanatorio de Buşteni y he salido más perturbado y más asilvestrado que antes. La crisis sobrevino de forma brusca, como siempre. Estaba en Ghencea, junto al Museo Militar. Paseaba sin pensar en nada por unas callejuelas con árboles deshojados, en medio de un frío gélido y límpido que había vestido cada ramita con una película de hielo. Miraba las casas ruinosas, entraba en plazoletas con estatuas deformes en el centro, intentaba comprender qué representaban las estatuas, pero mi mirada estaba nublada por la escritura… No sé cómo me encontré de repente ante aquel edificio amarillo y compacto, con decenas de ventanas rodeadas de complicadas orlas de estuco y una gran puerta negra en el centro. Dos cariátides, con los cuernos de la abundancia en brazos, se desprendían, en medio del frío, de su yeso rosa, brillante. Entonces sentí aquel pinchazo en el estómago, se me ablandaron las piernas y caí, o me dejé caer, de rodillas. ¡Había estado allí antes! ¡Conocía el brillo espeluznante de cada una de las ventanas! ¡Había entrado por aquella puerta en algún momento! Sentí que mi cabeza estallaba en añicos y eché a correr, gritando, hasta que todo a mi alrededor se oscureció. Ya ha pasado más de un mes desde entonces, pero el mal no cede, el miedo es igualmente insoportable... Lo que aquí intento hacer es precisamente lo único que puedo hacer. Me aferro ahora, como a una última brizna de esperanza, a la idea de que tal vez consiga curarme a través de la escritura. Es decir, desenmarañar, mientras me queden fuerzas, este ovillo, este manojo de intestinos, este *mandala* enredado en mi cabeza. Si la escritura es, como dicen, una terapia, si puede curar, debería poder hacerlo ahora. Voy a emborronar una página tras otra, voy a utilizar las hojas como vendas impregnadas no de tinta, sino de lo que mi vieja herida supura. Quizá, finalmente, todo se empape en ellas y, a medida que se vuelvan más y más purulentas, más burbujeantes, yo mismo me vaya vaciando de veneno.

Interrumpo mi escritura por ahora y me voy a comer. Espero tener la cabeza más despejada por la tarde y mantener una cierta distancia con los hechos. Puesto que estuve una semana en Budila, mi primera salida de la ciudad, me resulta muy difícil no escribir un poema apocalíptico en vez de una historia con un mínimo de coherencia.

De vuelta al acuario vacío de la villa de Cumpătu, lleno tan solo de un aire camaleónico —ahora dorado, más claro o más oscuro según la sombra que las nubes arrojan sobre el pueblo— y del silbido del silencio que gira entre los muebles. Abro la puerta de mi habitación y me envuelve el calor de la estufa encendida. En la ventana golpea la misma rama de pino, grisácea y, en cierto sentido, llena de vida, tensa y segura de sí misma. Pero echo las cortinas y enciendo la lámpara, porque la vida no tiene nada que ver con el artificio de las páginas que tengo ante mí, un artificio que debe ser exaltado y protegido. Cuando, de niño, iba al circo, no me gustaban los animales ni los payasos, sino que me enloquecía un cierto matiz fugaz violeta-purpúreo o un verde-brillante-azul-intenso del vestido cuajado de lentejuelas de alguna amazona o de una trapecista; me invadía, como un deleite sombrío, el derretimiento de los huesos en el color. También coleccionaba los papeles brillantes de las chocolatinas por sus matices innombrables, por aquellos brillos verdes y rojos que no eran colores sino pura emoción, puros estados de espíritu. ¿Dónde vi, en una noche de invierno, en plena ventisca, una ventana iluminada en la que se recortó, por un instante, el rostro de una joven, con colorete en las mejillas, los labios violentamente maquillados y ojos brillantes? Una chica de pelo muy corto que se burló de la ventisca y que, dibujando círculos con el aliento, cerró de nuevo la ventana. Es un recuerdo vago pero extremadamente persistente, cuyos contornos no puedo aprehender.

Muy temprano, en una mañana helada, entre el gorjeo de los gorriones y las ramas doradas del árbol, nos reunimos en el patio del colegio, bajo una canasta de baloncesto, a la espera del autobús que debía conducirnos hasta Budila. Mis colegas, de los que hoy guardo un recuerdo divertido y un poco nostálgico, como recuerdo también la curiosa época del rock y de los *hipsters*, del magnetófono y de los rebeldes sin causa, me horrorizaban por aquel entonces. Los veía como una hidra hostil o una sociedad secreta en la que yo nunca podría participar. Su estupidez y vulgaridad me enervaban, no era consciente de que se trataba tan solo del espíritu de la época y que, más allá de sus pijoterías de niños mimados, no eran más que unos eternos críos, amorfos y trastornados por un diluvio hormonal, del que acabarían saliendo, en una cinta transportadora, los ingenieros, economistas y chóferes de camiones cisterna, todos serios y responsables, de más adelante. Mientras que de mí no iba a salir nada, aunque yo imaginara ser el producto final y absoluto de la humanidad. Yo era un hombre del espíritu, ellos lo eran de la carne; yo era el que leía y el que iba a escribir el texto llamado a sustituir el mundo, ellos los que, felices y cretinos, vivían como unas simples plantas. Lo que más me atormentaba era que, aunque la oposición que yo había establecido con ellos era total, violenta e impermeable, no era sin embargo capaz de despreciarlos, y la sonrisa de superioridad con que me enfrentaba a ellos me salía torcida —puesto que la necesidad de amor y de calor animal no se deja intimidar fácilmente—, martirizaba mi cuerpo y agitaba los sótanos de mi mente. Aquella mañana de la salida para el campamento, yo permanecía al margen y practicaba mi mueca de disgusto, completamente ignorado por mis compañeros que, en grupos aburridos, esperaban la llegada de los autocares haciendo bromas sobre su ropa de calle, moderna y llamativa, que había sustituido a sus eternos uniformes: pantalones con flecos y tachuelas, camisas vaqueras, minifaldas y zapatos «ortopédicos» de plataforma. Algunos cantaban las acostumbradas canciones obscenas que impregnaron mi adolescencia como una gruesa capa de mugre en las orejas; los recuerdo aún como los himnos sucios de aquel mundo brillante-vulgar, inocente-infame. Otros solo charlaban con las manos en los bolsillos, o se colgaban de las barras verdes de la canasta de baloncesto. Allí estaba Savin, con su figura genialoide, alargado y salingeriano; había obtenido la puntuación más alta en el test de inteligencia que nos habían hecho en el laboratorio de química, unas fichas de cartón que había que completar en sucesión lógica. Yo quedé el último porque me contenté con escribir en el margen de cada ficha un verso de Tzara, del poema sobre unos pescadores que regresan con estrellas marinas en las manos. Un cretino muy inteligente el Savin ese. Ahora vestía una especie de pulóver fino, de cuello alto, que le daba un aire de escritor o, más bien, de *écrivain*, sobre todo por cómo se llevaba una mano al bolsillo del pantalón y por cómo discutía con Fil (Felicia, con la que yo tengo una foto romanticona por ahí, en algún cajón) acerca de, evidentemente, Schopenhauer, explicándole cómo se dice en alemán *El mundo como voluntad y como representación*. Y Fil, con un aire a Mireille Mathieu, parecía incluso entender algo. Michi los contemplaba mientras tatareaba *Goodbye, papa, don't cry for me*, con su aspecto de corza viciosa, y Manix contemplaba, naturalmente, a Michi. Si Manix aparentaba ya unos treinta y cinco años —lo he visto hace poco y aparenta cincuenta y cinco—, Papa, futbolista, jugador de ping-pong y poeta, no aparentaba ni quince. Digo poeta porque tenía un cuaderno de memorias, con fotos recortadas de revistas, en el que copiaba, junto con sus propios apuntes, alguna estrofa de los autores más variopintos. Todos se habían hecho unos «oráculos» semejantes, adornados y pintarrajeados como máscaras zulúes, en los que escribían pensamientos o cuartetos o se esforzaban por responder a las preguntas fundamentales con moldes rumiados por miles de cerebros bovinos para los que el amor era, por supuesto, «una novela que acaba en la introducción», y el ideal en la vida «hacer todo lo que se te pase por la cabeza, con la cabeza fría»... En páginas repletas de fotos de actores o anuncios de coches también había sitio para alguna poesía, copiada de quién sabe dónde y transmitida de cuaderno en cuaderno; podías incluso llevarte la sorpresa de encontrar, entre tanto elemento *kitsch*, fragmentos de un soneto de Rilke o todo *El Desdichado* de Nerval. Bajo una foto de Nadia Comăneci…

Apoyado en la valla de la pista de salto de longitud, en compañía de Angeru, un tipo desvaído de sonrisa cínica, Papa canturreaba ahora «Arriba, trabajadores, y adelante / en el camino de la victoria final», con un estribillo improvisado que retumbaba obsesivo «Nal, nal, todo es anal» y que hacía que los de alrededor se partieran de la risa. Buzdugan, al que crecía una barba verdosa desde el noveno curso, hojeaba, recostado contra el poste del marcador, una revista de rock vanguardista, llena de fotos de *AC/DC* en concierto. En torno a él se habían arremolinado siete u ocho colegas, indignados porque, en un artículo que Cici traducía del inglés, se atacaba sin piedad al grupo *Queen*. Su música era calificada como *musak* y ellos, *faggots*. No se les perdonaba, sobre todo, las camisas de seda blanca que llevaban en sus conciertos, el colmo del conformismo burgués, en opinión del autor del artículo. Una chica con la frente salpicada de granos intentaba pasar de página y leía por detrás. Con un pulóver suave, de *mohair* rosa caramelo, permanecía, un poco apartada, la bella, dócil y pura Clara, con su rostro de cristal y sus ojos azul claro, una niña a la que nadie podía imaginar creciendo y transformándose en mujer. «No te preocupes, que también ella acabará en una cama», murmuraba alguno por la tarde, en las horas de taller, al verla afanarse con un destornillador en un adaptador de corriente (que desechábamos por docenas), como si estuviera retirando con delicadeza los pétalos de una rosa en busca de los estambres. Más apartado aún, sobre una valla de hierro devorada por la correhuela, estaba Titi, Titina —que así le llamaban—, con el ceño fruncido del joven Voltaire. Los chicos empezaron a jugar al fútbol con una lata de paté, las chicas charlaban en un rincón del que emanaba perfume, y yo, triste y confundido, olvidado, seguía recitando para mí: «Llueve la soledad en las horas inciertas, / cuando las calles se vuelven hacia el alba…».

Me sentía excluido, como siempre, del mundo de mis colegas. Me había hecho a la idea de que para mí había un solo futuro posible: una buhardilla con una silla, una buhardilla y una cama donde me pudriría toda la vida —breve, como mucho cuarenta años—, escribiendo una novela inacabada e ilegible, que encontrarían a mi muerte, junto a mí, apestando a cadáver, pero en la que estaría Todo, toda la verdad sobre la existencia y la inexistencia, todo el mundo con todos sus detalles y su espantoso sentido. La ensoñación en que, por aquel entonces, me veía como el escritor total, hipergenial, el demoledor del cosmos que lo sustituiría con un libro, era la columna vertebral de mi vida. Si hubiera podido escribir el Libro, me habría dejado arrancar el pellejo, y a mi carne viva, con sus capilares y terminaciones nerviosas y glándulas sudoríparas, habría atado ese volumen total. Tardes enteras, mientras las paredes de mi habitación de Ştefan cel Mare se teñían de rojo en el ocaso, me acurrucaba bajo la sábana húmeda y, en mi imaginación, volvía a hojear las páginas cegadoras. Imaginaba tablas de correspondencia que llegarían a unir las constelaciones de la bóveda celeste con flores de mina de las profundidades de la tierra, los órganos del cuerpo humano con los lujuriantes nombres del Almanaque de Gotha, ligando la historia de la humanidad, paso a paso y momento a momento, con la historia de mis miserables diecisiete años de vida. Tenía que descifrar cábalas fantásticas, grabadas por el príncipe de este mundo en palacios subterráneos de mármol y pórfiro, y describir un Armagedón abierto como un clavel, que arrastraría a la guerra total a piratas y caballeros de Malta, a guerreros Bororo y hitleristas, a ingenieros y extraterrestres. Las historias de amor circundarían la batalla final como guirnaldas rococó y entre ellas estaría, fusionándolas a todas, por muy distintas que fuesen, en un arquetipo místico, a modo de filigrana de todo el libro, *La-más-bella-historia-de-amor*, el misterio último e infinito, donde la Princesa-Óvulo se funde con el Príncipe-Esperma en la explosión de una boda divina. Los detalles me llevaban horas de ensoñación febril. A veces, una fuerza terrible me arrancaba la manta de golpe y me arrastraba, con sábana y todo, al escritorio, donde empuñaba la pluma y, envuelto en una especie de toga, me quedaba aturdido con la punta de la estilográfica sobre la página. El púrpura de las rayas de la pared se convertía en color café oscuro, la luna salía sobre Bucarest, los tranvías pasaban por Ştefan cel Mare traqueteando y rechinando, mientras que yo seguía contemplando como hipnotizado la chispa de oro de la punta de la estilográfica, preguntándome con qué letra convendría empezar el Libro pero sin atreverme a trazar ni tan siquiera una sobre la página oscura…

Naturalmente, entonces no le presté la más mínima atención a Lulu que, sin embargo, iba a convertirse en uno de los ejes de mi vida tal y como la larva con antenas y patitas es el eje de la mariposa. Y que (ahora se me ocurre esta idea extraña, cuando visualizo su rostro con ese no sé qué demoníaco, pero también inofensivo, un diablo ridículo, un Abadón hazmerreír) quizá podría ser de hecho el recuerdo-biombo de algo más profundo y más lejano, de una cámara aún más secreta de mi fuero interno, más reprimida por la censura. Pienso que recreo todo lo sucedido en Budila de una forma *demasiado* sencilla, que está *demasiado* clavado en mi mirada por ese subconsciente del que he aprendido a desconfiar siempre debido a su infinita astucia. En esa profundidad hay túneles secretos entre los edificios de mi mente, conductos y manojos de cables de colores, canales de agua fétida, llenos de las deyecciones de mi cerebro. Hay cámaras de escucha y burdeles subterráneos y habitaciones en las que no ha entrado nadie. Y yo, solitario en la ciudad de la superficie, soy el único señor y el único enemigo.

Lulu había franqueado la puerta en compañía del tipo más demente que he conocido jamás, Bazil, de mirada desquiciada, con una sonrisa maligna y húmeda, un tipo brusco y escandaloso, cuya vida no consistía en otra cosa que en canciones «guarras», chistes «físicos» sobre tarados y en su jactancia erótica. Habían aparecido cogidos del brazo, agarraron a dos chicas y empezaron a bailar un tango apasionado, con los rostros pegados y los brazos extendidos. Las chicas se morían de la risa. «Soy pobre no tengo ni olla / pero tengo un pedazo de…» gritaba Bazil con muecas grotescas, y los demás, a coro, completaban el dístico, felices y *je m'en fichistas*.

Durante todo el trayecto en autobús, en el que también había alumnos de otros dos liceos, los tipos y las nenas no hicieron otra cosa que cantar a grito pelado canciones de ese pelo, a cada cual más grosera, que yo no había tenido ocasión de escuchar con demasiada frecuencia. Viajaba en un asiento de plástico junto a Savin, que sonreía con aire superior y condescendiente, y junto a Clara, la única en cuyo rostro se podía leer el disgusto. Lulu hacía de solista en el grupo del fondo. Berreaba como si quisiera compensar su minúscula estatura y su jeta descarada de pájaro carpintero. «Ayer por el camino venía una carreta y bajo la carreta, algo se bambolea, ¿será el eje de la carreta?» Y el coro respondía delirante: «¡Noo, que ese no se balancea!» «¿Será un arnés flojito?» «¡Noo, que estaba bien tiesito!» «¿Y no era, pues, una pata en movimiento?» «¡Noo, que no tocaba el pavimento!». Al final, Lulu, de pie, terminaba enrojecido por el esfuerzo: «¡Una hojita de carvallo / era *eso* del caballo. / Y el caballo bien derecho / se lo alzaba hasta el pecho!» Y si hubiera estado entre nosotros algún autor de libros de adolescentes tímidos e idealistas, se habría olvidado de Makarenko[3] y de todo lo demás y se habría arrojado en marcha del maldito autocar. Un individuo con el pulóver agujereado por el hombro y una guitarra vieja llena de pegatinas berreaba a voz en grito, aporreaba las cuerdas hasta hacerlas parecer bastante más anchas de lo que eran y cantaba, seguido por los demás como un coro de esclavos: «Bajé en la estación, / no encontré un wáter libre. / Ay que sí, ay que no, ay que sí, / ay que no me puedo…» Ahora, las alumnas de instituto me parecen unas gatitas inocentes, pero entonces no me atrevía a mirarles a los ojos. Algunas habían encendido ya sus cigarrillos y gritaban con toda su alma, sin evitar siquiera las palabras más chocantes. Para no escuchar todas aquellas porquerías, me concentraba en el paisaje al otro lado de la ventanilla. Una campiña que se perdía en el horizonte, lisa como la palma de la mano, con bosquecillos aislados aquí y allá, con campos de trigo, de girasol y de maíz, se secaba bajo el sol de agosto y bajo el inmenso cielo azul pálido. Algún que otro campesino seguido de su mujer, minúsculos ambos, caminaba por un sendero. Otros trabajaban encorvados, tocando casi la tierra con la frente, perdidos en medio de un campo lejano. Atravesábamos de vez en cuando pueblos polvorientos, con niños —vestidos con ropas compradas en la ciudad— apoyados en las puertas, con casitas que sobresalían entre membrillos y albaricoques, y la tasca en el centro llena de borrachos… La tienda del pueblo, con sus damajuanas en el escaparate, y la iglesia, con su tejado de estaño, estaban una frente a la otra, cerradas ambas y separadas por una superficie de adobe. Nos encontrábamos a veces con algunos ciclistas que, con la boina calada hasta las cejas, pedaleaban rítmicamente. Cuando salíamos del pueblo, la campiña se extendía de nuevo a uno y otro lado, con las colinas azuladas a lo lejos, con los silos y las torres de agua de trecho en trecho. Adelantábamos carros arrastrados por caballos sucios, cargados de bidones y botellas vacías. En el pescante, el gitano dormitaba bajo su sombrero, mientras las riendas colgaban de una mano flácida y quemada por el sol.

En la zona de las colinas, las aldeas se prodigaban, aparecían campos de manzanos, villas y canteras de donde extraían barro, las casas eran de madera; unas, bellamente pintadas de ocre o azul, otras mostraban sencillamente el color de los viejos tablones de madera. Algún cementerio, arrojado en la falda de una colina, invadido de correhuela y abejas, lucía al sol sus cruces de piedra… Las nubes proyectaban su sombra sobre los miles de matices de verde de las colinas… Pero me resultaba imposible fundirme del todo en el pobre panorama porque, de vez en cuando, en el autocar, la monotonía de las canciones se veía interrumpida por un grito agudo: «¡Cállate ya! ¡Calla cuando te lo ordene yo!». Tras lo cual la chica, a la que alguno de aquellos tipos llevaba en brazos y hacía también cosquillas, se llevaba las manos a las orejas y aullaba con toda su alma. Las canciones comenzaban de nuevo con más entusiasmo aún: «Si bebes, mueres; si no bebes, mueres. / Si bebes, bebe bastante. / Si mueres, muere al instante…».

* * *

Cuando llegamos a las montañas, empezaron, para alivio de Clara y para mi propio alivio, con versos algo más decentes que yo ya conocía, esos que tenían como estribillo «Detén la funeraria / que el muerto quiere beber / Dale un vaso de orujo / que quiere volver a ver». Y seguían con los anuncios: «Incluso el emperador Nerón / se lava el culo con *Derón*» o «Tenemos medias para mujer con agujero», «Tenemos zapatos para hombres desbocados». Los autobuses avanzaban ahora por desfiladeros estrechos, entre paredes de roca llenas de líquenes por las que discurrían torrentes de agua. Riachuelos casi agostados corrían entre ásperos cántaros de piedra y se perdían tras un pedrejón verdoso. Campanillas violetas se inclinaban sobre el agua helada. Fábricas de cemento, solares con barracones rodantes pintados de naranja y pilas de troncos se sucedían aquí y allá, afeando el paisaje. Pueblos de veraneo salpicaban las colinas soleadas con sus cabañas vestidas de rosas, mientras tanto, en los montes de alrededor, los abetos de un verde oscuro se juntaban unos a otros como el musgo a la piedra húmeda y sombría. Una ermita de monjas… un calvero al borde de la carretera y una vaca grandota paciendo tranquilamente, arrastrada por una niña de cuatro años como mucho… coches desaforados que nos adelantaban por un asfalto manchado de aceite quemado… y mis colegas con su repertorio interminable, cantando algo sobre Carolina y Miţa la Ciclista y gitanas de cabellos rubios y senos de piedra… Y más, y más, y otros chistes, y más canciones, hasta que el autobús se detuvo en el extenso patio del campamento de Budila. Bajamos, nos estiramos para desentumecernos tras tantas horas de viaje y echamos un vistazo alrededor. Aún brillaba el sol y olía a abeto, a la resina brotada de los abetos y fosilizada en su corteza.

Allí estaba la mansión. La contemplé feliz y fascinado, ya que no era sino uno de mis edificios de Bucarest, llegado hasta ahí quién sabe cómo, prueba evidente de que mi soledad me seguía a todas partes. Tal vez la noche anterior, aquella casona rosa, simétrica y primorosa, con sus estatuas y sus cúpulas, con una gran escalinata doble en la fachada principal, pero todo ello tan viejo y pútrido que debía de ser ligero como un gas alucinógeno, se había desprendido de sus cimientos en una callejuela de Bucarest, se había elevado, grandiosa como un fabuloso dirigible de papel, había flotado sobre los bosques umbríos y los ríos brillantes —con los tubos de las cañerías y los cables eléctricos revoloteando por debajo como los filamentos de una medusa—, y se había instalado, finalmente, en medio de aquel parque devastado, donde brillaban ahora sus ventanas, amarillas como la llama del sodio. La plazoleta que debía de encontrarse delante del edificio había venido tras ella, pero aquí se había metamorfoseado en un estanque ovalado, con una estatua de bronce ennegrecido en el centro y con (iba a contemplarlos todas las tardes) unos peces grandes y pesados, del color verdoso del lodo del fondo del agua. La mansión llena de Gorgonas y Atlas de yeso era sin embargo, tal y como yo me esperaba, únicamente fachada, un simple decorado. En su interior, cuando nos instalamos, encontramos tan solo unos dormitorios banales de internado, con unos diez catres cada uno, distribuido todo de forma «sensata» y funcional. Las chicas en la planta baja, los chicos en el primer piso y los chavales —porque allí se alojaban también unos críos de la escuela general— en el segundo. Siguió el almuerzo, vagabundeos por los alrededores, fútbol y grupos reunidos en torno a alguna guitarra. Aquella misma noche me quedé solo en el dormitorio, con un libro en las manos, intentando apañarme con la bombilla pelada del techo. En alguna parte, en otra habitación, oí, mientras permanecía tumbado en la cama con los ojos clavados en las filas de letras, pero aturdido y abstraído, la brusca explosión de la música. Había empezado la discoteca. Los tipos con que compartía la habitación se habían preparado para ello. Por aquel entonces los pantalones vaqueros eran aún una rareza, pero ya se llevaban rayados y muy anchos; se llevaban asimismo unos curiosos pantalones de «lona», tan rígidos que, cuando te los ponías, se quedaban de pie. Las camisas de «*cowboy*», a cuadros, eran de lo más elegante. Me habían preguntado si yo no iba a ir, pero no me prestaron demasiada atención. También en el liceo había discoteca todos los sábados, pero yo solo me escurría entre los que bailaban en el vestíbulo del instituto porque el sábado teníamos cenáculo en una de las aulas. (Celebrábamos el cenáculo a la luz casi conspirativa de una lámpara que nos confería el aspecto de unos cadáveres galvanizados, siete u ocho tipos macilentos que leían poemas sobre el fondo de la música rock y del pataleo obsesivo del otro lado de la puerta. Salíamos otra vez por entre los bailarines, sin poder evitar un sentimiento de humillación y de culpa). Aquella primera noche en Budila leí unas cuantas páginas de la *Metamorfosis* de Kafka, perturbado constantemente por Suzy Quatro, por su *Sticks and stones can break my bones / But they can't break my rock'n roll*. Los chicos, acalorados, entraban de vez en cuando para descansar y se hacían cruces al ver que estaba en pijama. Habían puesto dinero para comprar coñac y se lo pasaban mientras cotilleaban sobre las chicas, cuál estaba mejor, qué tetona era Mălina, qué culito tenía Marina, qué buena estaba esa bajita y picarona… «Bajita, bajita, pero excita…» «También la rana es pequeñaja, pero abre una bocaza…» Un larguirucho del Lazăr se había convertido ya en el ídolo de todas las chicas. Los nuestros lo criticaban con un deje de admiración: «No has visto cómo se arrima al bailar, siempre al quite para meterles mano en el sujetador…» «Las tías se desmayan cuando las saca a bailar…» «Sí, pero los larguiruchos no son buenos para eso. Dicen que los suecos pueden hacerlo unas pocas veces por semana, y que el resto con el dedo, con…». Y aquí se lanzaban por turnos a contar una historia con una sueca o una danesa que, ya ves, se habían cepillado en la playa. Daban otro trago de coñac, me echaban un vistazo: «Bravo, mira qué chico tan formal, no como vosotros, bribones, todo el día con las chicas a vueltas…». Y luego regresaban al baile. Peor era cuando entraba Bazil como en el escenario de un cabaret, con pinta de borracho, cantando *What's a nice kid like you / Doing in a place like this?* y aullando cuando su mirada se cruzaba con la mía: «¡Victorcito, saca la mano de debajo de la manta! ¿Te crees que no te he visto? ¡Vamos, ve con las chicas, hombre!». O Lulu, siempre como rabioso, sin mirar a los lados, con un cigarrillo en los morros; buscaba algo en la mesilla de noche y salía pitando. Una vez o dos asomó también la cabeza alguna chica: «¡Perdooooón!». En los altavoces una voz cálida cantaba algo sobre *the summer of nineteen sixty nine.*

¡Qué curiosa mezcla de desprecio y adulación sentía por aquellos que, sublimes-imbéciles, mecían a las chicas en la oscuridad de la discoteca, moteada de luces de colores! Me habría gustado tanto estar allí, con una chica que apoyara su cabeza y su cabello perfumado sobre mi hombro, susurrarnos tonterías mientras nos acunábamos abrazados, besarle el lóbulo de la oreja con su pendiente brillante, sentir en la palma de la mano el calor de su cintura, aterciopelada por la capa suave de debajo... Me complacía con aquel melodrama barato hasta que, de repente, volvía en mí, y bajo mi cráneo empezaba de nuevo el delirio: yo no debía desgastarme en ritos sexuales porque tenía que llegar a ser un escritor, tenía que vivir intensamente mi infelicidad, me esperaba una buhardilla con una silla, una mesa, una cama para leer ciento cincuenta libros al año. Para los treinta años tenía que ser todo o nada. El precio era —lo sabía y rumiaba esa idea durante horas y horas— la monstruosidad. Era Leverkühn, era el enano de Lovecraft, era Roderick Usher, el que enterró a su hermana en una cámara oscura, debajo de la escalera (también mi hermana había arrojado su muñeca de trapo en un rincón y golpeaba ahora con sus puñitos la madera podrida y descascarillada de la puerta)... Recuerdo que, cuando una chica metió su cabeza por la puerta, recité en voz alta, como un comicastro, con una sonrisa «amarga» y mirándole a los ojos: «He dominado un arrebato idolatrado / Con una voluntad violenta y fría / Pues tu sueño no debía ahogar / Mi alma, de grandes picos de roca».[4] Me levanté de la cama y corrí al espejo de encima del lavabo porque los ojos se me habían inundado de lágrimas y quería verme llorar. Sabía que también Baudelaire solía hacerlo. Me vi pequeño, moreno, con la cara delgada y sin pizca de espiritualidad en la mirada. Empañé mi imagen con el aliento y escribí sobre el espejo, con el dedo, tal y como escribía cada día, como en un diario sin memoria: *DESAPARECE*.

Esta noche he dado unas cuantas vueltas por el recibidor, que ahora ya ha cogido un poco de calor o, más bien, un olor muy diluido al humo de la estufa de color crema que ronronea en su rincón. He pasado la mano por los muebles antiguos y desemparejados, por esas superficies brillantes que yacen en la oscuridad, iluminadas apenas por unas bandas de luz de luna. Espejos oscuros, cuadros oscuros, una escalera que lleva al piso de arriba… Un televisor grande sin botones, no sé si funciona y, si no viene nadie a esta casa, no lo sabré jamás. Me retuerzo, hago piruetas, grito con fuerza y todo permanece igualmente inmóvil, silencioso, silbante. Voy a la habitación, apago la estufa y me meto en la cama. En medio de una oscuridad absoluta permanezco con los ojos abiertos y pienso. ¿Cómo voy a luchar con mi quimera? Contra ese dragón de fuego de bengala que se levantó y gritó en mi vida de adolescente retraído y tímido. Contra ese cuchillo irisado que, oprimiendo suavemente, con sadismo, la estructura del mesencéfalo, separó un hemisferio del otro. Victor, tú eres puro y espiritual, mientras que yo, lo sabes muy bien, no puedo mirarte a la cara. Avanzo con lentitud en esta historia porque la herida es profunda y el dolor brota incluso de los detalles más banales, en este juego cuyas reglas desconoces y en el que no sabes separar lo esencial de lo banal. Pienso en lo que tengo que hacer al día siguiente, me pregunto si podré llegar a ver al menos el fragmentito que escribiré por la mañana (porque es el texto más brumoso que he comenzado jamás). Enciendo la luz y anoto todo esto tirado en la cama, con un agotamiento extraño en todo el cuerpo.

Dios mío, ¿*qué* está pasando? Estoy de nuevo ante mi escritorio. Me resulta imposible controlar el pánico, los latidos de mi corazón… Tengo carne de gallina. Escribo temblando, de hecho araño la página, pero debo escribir porque unos destellos dolorosos de los recuerdos que he visto durante todo el día, demasiado rápidos como para poder atrapar de ellos algo más que la pura emoción, se han abierto ahora en mi cerebro —cuando cabeceaba medio dormido— con una violencia insoportable. La reacción de mi mente y de mis vísceras ha sido atroz. No sé qué significan esas imágenes, pero me han agotado por completo y no seré capaz de describirlas aquí puesto que son indescriptibles. De hecho, no he vislumbrado imágenes, sino una gran emoción, o una luz inmensa, del mismo modo que, por muchos rostros quiméricos que veas en el fuego de unas ramas secas, de hecho solo ves una llama. Era como una película antigua, vacilante, rebobinada por un proyector antediluviano. La luz difusa, amarillo sepia, era atravesada rápidamente, en vertical, por unas rayas temblorosas, por salpicaduras y zigzags brillantes. He visto el interior de una habitación en la que unos ectoplasmas se distinguían a duras penas entre los muebles. Se movían lentamente en el campo de la cámara fija, como peces blancuzcos dentro de un estanque, en una pantomima extraña, incomprensible, como si contemplaras la escena en una ventana ajena. La niña que estaba sobre la alfombra, alineando sus muñecas en el borde de la cama, debía de ser mi hermana poco antes de morir: la reconocía por la fotografía (también en tonos sepia) que conservaba mi madre en su vieja maleta roja con papeles y baratijas. La encontré por casualidad, entre documentos de identidad, recibos del seguro y bonos, en mi adolescencia, cuando ya había olvidado —o recordaba muy vagamente— que había tenido una hermana. Nunca, aunque la acosé a preguntas, quiso mi madre decirme cuándo había nacido, dónde estaba enterrada... Se contradecía, se liaba con las explicaciones y al final se encerraba en un silencio testarudo. Ahora mi hermana parloteaba sin cesar, sus trenzas brillaban cuando giraba la cabeza con energía, pero el único ruido que se oía era el golpeteo apagado del proyector. La habitación me resultaba conocida: había regresado a la habitación de mi infancia. Por el suelo, piezas de un juego de construcción: pequeños cilindros, columnas, prismas, conos. Entre ellos, bucles de película en blanco y negro, revelados, esparcidos por todas partes.

Pero en un rincón hay alguien más, casi difuminado por el fulgor pálido del espejo del baño. Solo cuando se mueve se torna visible y, entonces, únicamente por sus brillos y acentos: la textura áspera del cabello, un ojo de mirada perversa, un rostro grasiento… El chico desconocido se pone en pie, avanza hacia mí, me toma del hombro y me susurra algo al oído. Me escurro gritando sin emitir sonido alguno mientras mi hermana, también de pie, lo contempla todo alarmada, con los brazos caídos y la boquita entreabierta. Salgo corriendo hacia la puerta y el otro tiende las manos hacia mí con gesto suplicante, temblando junto con esa película borrosa y rayada.

Y cuando la película (o mis retinas, o las meninges que envuelven mi cerebro) se ha roto y ha dejado en mi pecho una tristeza desgarradora, ese chico desconocido ha permanecido, sin embargo, sobre el fondo vacío, incendiado, de la pantalla y durante unos instantes he tenido que soportar, he tenido que contemplar fijamente, en su rostro, la sonrisa enloquecida, húmeda, inconfundible, de Lulu.

La hoja está húmeda por el sudor de mi mano. No puedo más. Pero he venido a Cumpătu decidido a acabar de una vez por todas. A resistir *cualquier* mirada. A salir curado de esta batalla psicológica o a no salir jamás. Voy a acostarme de nuevo en unos minutos. ¡Dios mío, haz que resista!

Voy a resistir, porque este espacio en las montañas, aunque vacío, parece acumular sucesos, difuminar unos a través de otros, borrar los límites (tan precarios) entre el mundo de nuestra mente y el de la mente más vasta que nos comprende a todos. Acababa de apagar la lámpara esta noche, cuando, levitando en una ensoñación hipnótica, he oído unos ruidos. Venían de abajo, de debajo del suelo, de una habitación del sótano de la casa. Allí, en una cama, dos amantes se confundían, se penetraban, se mordían. Los veía claramente en mi imaginación, escuchaba los gemidos de la mujer, cada vez más fuertes, en el límite cada vez más alto del placer y la exasperación, y el gruñido apagado del que la poseía. Palabras amenazadoras, ruegos y órdenes se entretejían con golpes sordos. Casi podía ver la escena: tenía lugar bajo una luz rojiza, en una cama con la sábana arrugada y arrinconada, formando un semicírculo, a los pies de la cama. La mujer, cuyos cabellos de un castaño transparente caen hasta los músculos bien marcados de la cintura, está de rodillas, con el pecho levantado, enlazada por detrás por una mano que cubre su pecho derecho; la otra mano pasa sobre su vientre y llega, con la punta de los dedos, hasta la cadera de la otra parte. Él, con la piel más enrojecida que ella, la golpea con todas sus fuerzas. Ella estira la cabeza hacia atrás, de tal manera que la piel del cuello se dilata al máximo, tiene los músculos de la cara contraídos y la punta de la lengua se mueve rápidamente entre sus dientes desnudos. El hombre sale de ella, le da la vuelta y la tira de espaldas. Vuelve a penetrarla. La agarra del pelo con violencia. Golpea su rostro. Ella le muerde la barbilla con el mismo odio y los movimientos de él se aceleran, se mueve cada vez con más fuerza entre sus rodillas plegadas. La azota por sorpresa en las nalgas y en los muslos. Vuelve a salir de ella, la agarra de un brazo y la obliga a ponerse en pie, en la cama. La penetra por detrás, apretándole los pechos con las manos y acariciando sus caderas y nalgas. Ella se lleva una mano a la entrepierna y siente la fusión de los sexos sobre sus dedos. Yo permanecía con los ojos abiertos en la oscuridad y me lo imaginaba todo. Procuraba no respirar, aplacar el latido de la sangre en mis sienes para no perderme nada de lo que tenía lugar a unos pocos metros, bajo el suelo, entre dos cuerpos desnudos, sobre una sábana arrugada y húmeda. Era como si toda la sustancia del mundo se redujera a una oscuridad absoluta que tenía, en su centro, un único cubo luminoso en el que dos cuerpos se fundían y a su alrededor, ocupando toda la oscuridad, una conciencia que escucha, que mira. Todo esto no estaba abajo, en el sótano de la casa, sino en el centro de mi mente, y tal vez siempre hubiera estado allí. Y, cuando los gemidos de la mujer han cesado, tras un clímax ronco, y los dos, húmedos y extenuados, han caído de espaldas, con el brazo sobre los ojos cerrados, he podido contemplar con más distancia, en mi imaginación, esa habitación y he adivinado en una esquina algo que me esperaba encontrar allí: una fea muñeca de trapo, con los rasgos de la cara dibujados a lápiz, mirando al techo con sus ojos ciegos.

Me he quedado dormido y he soñado que mi hermana y yo encontrábamos en un cajón unas películas viejas, con imágenes en negativo, y que ella las estiraba como si fueran unos bastones de medio metro, se las colocaba en los dedos de una mano y, con esas garras semitransparentes, en espiral, me amenazaba arañándome superficialmente la cara. He huido, bruscamente atenazado por un terror seco, he abierto la puerta de esta habitación que conozco tan bien pero, en lugar del pequeño vestíbulo, me he dado de bruces con unas paredes desconchadas, llenas de humedad; al fondo estaban los escalones de una escalera de madera, de caracol, terriblemente estrecha. He atravesado el pasillo a la carrera, perseguido por ella, he subido los escalones a saltos y, jadeando, a trompicones, he llegado hasta arriba, a un rellano como de un metro cuadrado, donde había una única puerta rojiza con un ventanuco. Como oía por detrás sus traspiés en la escalera, casi arranco la puerta para abalanzarme rápidamente por otro pasillo. Pero no era más que un minúsculo y miserable retrete, con marcas de dedos sucios en las pareces y olor a meados. Resignado, he echado el cerrojo y me he sentado en la taza, la puerta temblaba sacudida por sus puñetazos. El pasador se deslizaba ante mis ojos espantados…

(He escrito todo esto por la mañana, después de vestirme y de ordenar el cuarto, porque no soporto escribir en una habitación en la que los libros no estén apilados y perfectamente alineados, el tarro de café instantáneo en la bandeja, junto con el cuchillo y la cucharilla, la cama hecha y las zapatillas colocadas en el borde de la alfombra. Tengo la intención de salir a tomar el aire y sentir la nieve en el pelo mientras doy un paseo por el bosque. La nieve, cristalina, debe de estar derritiéndose, porque hay un sol cegador ahí fuera…)

Ha sido verdaderamente maravilloso. Mi profunda neurosis, las migrañas que me han acompañado desde que me conozco, mi incapacidad de concentración, todo cede, al menos por un rato, en medio de esos bosques que tanto me han gustado siempre. Aún percibo reflejos pasajeros —como la luz de un vaso de cristal sobre la pared— de la época en que, en mi infancia, pasé unos cuantos años en un sanatorio construido en medio del bosque. En aquel tiempo, la reacción a la tuberculina brotaba en mi mano con tanta virulencia que mis compañeros de escuela me perseguían y me golpeaban sin piedad el brazo dolorido. Al final me enviaron a Voila, donde me inflaron de hidrácido y cortisona; pero de esa época no recuerdo los miserables lavabos de loza ni las enfermerías supercaldeadas, donde me despertaban una noche tras otra para ponerme inyecciones de penicilina, ni los horribles domingos y sus asquerosos filetes del almuerzo «del día de fiesta», sino la infinita maraña de los bosques. Con sus calveros luminosos, con los arroyos que los atravesaban por todas partes, con las mosquitas que brillaban en el aire verde, con los tocones hormigueando de insectos, con las liebres y los turones muertos por los senderos. Alejándome de los demás chicos, me adentraba en las profundidades del bosque hasta que no oía otra cosa, en aquel silencio vivo y fresco, que, de vez en cuando, unos ruidos tranquilizadores: los trinos de los pájaros, el zumbido de los abejorros que entraban en las campanillas azules para salir espolvoreados de polen, el susurro de las hojas blandas y suaves de los brotes nuevos… Entonces me transformaba en otro, me sentaba en la tierra salpicada por los rayos ardientes y sentía cómo me invadía una especie de felicidad delirante, como si el cielo intensamente azul que palpitaba entre las ramas, las telarañas tendidas entre los troncos e hinchadas por el viento y, sobre todo, el olor a savia y a corteza, a resina y tierra, fueran un fuerte alucinógeno inyectado en vena… Esa misma exaltación arrebatada he sentido también hoy durante mi paseo entre abetos, camino de la cima de Cumpătu.

Cuando he vuelto, acalorado y empapado de nieve, me había olvidado del aburrimiento, de la mediocridad sin salida de mi vida bucarestina. Del mundo literario, de los contratos con el ISIS, de los morros de Delia, del pánico ante la idea de que tengo que escribir de vez en cuando otro libro... En este Zauberberg, en esta villa perdida en la soledad como un cráneo blanqueado por las lluvias y las nieves, envuelto en la paz de los bosques, deja de existir el mundo con sus verdades ramificadas en una red horizontal e ilusoria. A solas en esta habitación caldeada, puedes por fin descender a *tu* mundo, a *tu* verdad, a todo lo profundo y enigmático que hay en ti, si es que eres capaz de aceptar con el mismo valor lo abyecto y lo sublime, el desastre y la redención, al arcángel y al tarado...

La primera noche del campamento no pude dormir ni un solo instante porque, después de la discoteca, los chicos y sus amiguitas se juntaron en una cama próxima a la mía, en torno a un magnetófono Sony a todo volumen. Eran los de mi instituto pero se les había unido una pareja nueva. Él era el larguirucho que intentaba meter mano a las chicas con las que bailaba, un individuo con la cabeza afeitada y aspecto de neonazi, y ella, una chica muy alta, vestida como una modelo, con unas piernas largas embutidas en unas medias verde claro, traslúcidas. Tenía una melena negra, reluciente, trenzada con cuentas de colores y su cara, fuertemente maquillada, adolecía de la crueldad cínica de la reina del manto negro de las películas de Disney. Nuestras chicas, comparadas con ella, eran unas novatas de la vulgaridad. Trataba a los chicos como a críos que no tuvieran ni idea de cómo era «ese» chisme. Naturalmente, retomaron de nuevo las canciones y las tarareaban ahora con redoblado entusiasmo. El coñac pasaba de mano en mano, todos hacían el tonto, fingían estar borrachos, aullaban y se reían cuando contaban chistes. Nuestras chicas —Lulu abrazaba a Fil del hombro mientras Michi se arrimaba a Manix— procuraban rehuir las bromitas ambiguas, pero también ellas reían sofocadamente, sacudiendo sus hombros estrechos. En aquella época se llevaba una sombra de ojos con un polvillo dorado, así que todas parecían más guapas, tenían algo mágico que contrastaba extrañamente con la obscenidad de las conversaciones y de las canciones. El objeto de sus pullas era un chaval corto de luces, con unos morritos indecentes, como de culo. Se llamaba Măgălie pero todos le llamaban Gămălie[5] y se burlaban de él de todas las formas imaginables. Ahora le tomaban el pelo de nuevo. «Necesito un chico guapo que pueda solucionarme un problemilla…», decía el nazi, que de vez en cuando se levantaba de la cama y bailaba la danza del vientre moviendo el trasero como una mujerzuela. «Vamos, ¿quién se anima?» «¡Gămălie!», gritaban todos. «¡Atento, Gămălie! Mira, voy a dibujarte aquí una casa con tres habitaciones comunicadas entre sí. ¡Eso es! En la habitación del fondo hay una tía buena en la cama, desnuda, que te está esperando con el chichi al viento. ¿Qué dices, Gămălie? Te gustaría, ¿no? Pero lo malo es que en la habitación del medio duerme su madre, y en esta de aquí duerme su abuela, y ambas la vigilan como a la niña de sus ojos. A ver, ¿cómo podrías tú hacer con ella esa cosita tan vergonzosa?» Todos miraban el dibujo con atención, pero Gămălie estaba tan concentrado como si lo hubieran sacado a la pizarra. «¿No sabes? ¿Te rindes? Vale, te lo digo yo. Mira, rompo cada una de las habitaciones y la doblo varias veces. Aquí tengo los tres papelitos. Cógelos en el puño y agítalos bien. ¡Así, así, muy bien Gămălie! ¿Ves cómo sí que sabes? ¡Más rápido! ¡Así, eso está mejor, Gămălie, así, chaval, menéalo bien!» Solo un minuto después de agitar los papelitos en el puño se daba cuenta Gămălie de por dónde iban los tiros y ponía tal cara de tonto que todos se partían de la risa. Ni pensar en seguir con mi *Metamorfosis*, pero yo estaba contento porque al menos no se metían conmigo. Permanecía envuelto en la manta y sentía todo el rato el nudo en la garganta de los que no participan en el juego, de los que cohíben y están cohibidos. Finalmente las chicas se fueron, mis colegas estuvieron charlando un rato más, se desnudaron y se acostaron en sus camas, luego apagaron la luz. Pero ni se me pasó por la cabeza la idea de dormir pues sabía muy bien lo que venía a continuación. Después de un cuarto de hora de silencio, un silencio tan denso que, tras el jaleo anterior, se podía cortar con un cuchillo, alguien encendió una linterna. Eran, por supuesto, Lulu y Bazil, que empezaron de nuevo con sus bromas estúpidas. A uno le untaron con betún los cristales de las gafas. A otro le pusieron las botas en la nariz con todos los calcetines sucios que pudieron encontrar. Luego dejaban caer un hilillo de agua de un vaso a otro, mientras susurraban en tono dulce y persuasivo al oído de alguien dormido: «Venga, haz pis, que se va el tren, piiisssssss, piisssss…». Mucho más eficaz resultaba la orden: «¡Levanta la cabeza, que quiero la almohada!», a la que casi todos reaccionaban de forma automática, así que Lulu se construyó en su cama una verdadera montaña de almohadas. Se morían de la risa, sofocadamente, cuando acariciaban a uno y le susurraban porquerías en tono dulce, como si las pronunciara una chica… Solo cuando el azul oscuro de la ventana empezó a clarear levemente se apaciguaron por fin ellos y pude yo dormir un poco. Y aun así, me desperté con el pecho embadurnado de una pasta de dientes rosada, pringosa, que me había ensuciado también el pijama. Encaramado en la cama, Cici —como todo el mundo le llamaba a Buzdugan— se quitaba el pijama como en un strip-tease, acariciándose los hombros y contoneándose.

El instructor nos echó a la calle para que nos espabiláramos en aquel ambiente dorado-resplandeciente, helado, y nos obligó a correr. Por la mañana, la mansión perdía algo de su aire espectral; los alrededores, en cambio, ganaban un toque pintoresco pasado de moda. La hiedra trepaba por el edificio desconchado hasta rozar la cornisa, las gorgonas parecían algo más benévolas, la gran escalinata de dos brazos destacaba limpiamente, con las urnas de cemento a ambos lados incrustadas de liquen. La cúpula que coronaba el edificio parecía un vientre en el que, agazapado, estuviera esperando un inmenso niño de piedra. Los árboles del patio —pinos retorcidos, abetos gruesos llenos de musgo, álamos junto a la verja de trenzados barrocos— coloreaban el cielo de un verde transparente, con algunas zonas más oscuras y grandes agujeros azulados. En aquel parque desordenado piaban sin cesar unos pájaros invisibles, que aprehendían el silencio en líneas finas, como la red de un puzzle. La piscina estaba llena de agua fétida en la que flotaban cortezas de árbol y algas con brotes viscosos.

Contemplé con más atención la estatua de color café colocada en el centro y caí en la cuenta, de repente, de que había algo inusual en su aspecto. Al principio parecía una ninfa de bronce como cualquier otra, una representante modesta del pueblo de estatuas que parasitan las fuentes municipales y que se cubren púdicamente con la manita, entre arbustos de forsythias, el promontorio reluciente situado entre sus caderas. Ese mismo gesto tenía también, en medio del estanque, la estatua de la casona. Solo que en su cara, ligeramente inclinada sobre un hombro —de tal manera que una de sus mejillas estaba medio cubierta por la sombra de los bucles del pelo y unos cuantos mechones caían hasta sus pequeños pechos— no se veía la típica expresión de pudor, ligeramente cómplice y en cierto modo incitador, de vergüenza y placer virginal, nada de ese rubor que invita y atrae al juego bucólico del amor. El rostro de la ninfa expresaba terror y asco, como si hubiera visto un gusano, una víbora, una araña repugnante. Sin embargo, sus ojos vacíos no contemplaban aquella charca con olor a fermentación y sulfuro, que era el estanque oval. El espanto y el asco nacían, evidentemente, de los corredores tortuosos del recuerdo. Imaginaba a la delicada ninfa tranquilamente tumbada, apoyada sobre una cadera, en un soto donde brota un manantial oscuro. Se deja llevar por el juego cegador del sol que, entre las ramas, roza de vez en cuando la superficie del agua y la enciende brevemente, como de pasada. Arranca un brote de acedera y mordisquea la punta cuando, de repente, como si hubiera mordido de la hierba venenosa del recuerdo, se pone en pie, herida por un rayo en lo más profundo del alma. El relámpago ha sido demasiado breve como para que la ninfa sepa *qué* ha visto, qué suceso horrible la ha angustiado. Le ha quedado tan solo el asco, el odio, el horror, que han pellizcado sus mejillas con unos dedos sarmentosos y las han marcado con esa expresión indeleble.

Paseé durante toda la mañana por el parque, cada vez más iluminado por el sol, mientras mis compañeros jugaban al fútbol o al voleibol. El silencio atravesado por los trinos, como delgados bucles, como bóvedas dibujadas en el aire con un compás, me encantaba, me sumergía aún más en mí mismo.

Miraba de cerca la corteza de los abetos, con su media luna de yesca, recogía alguna hoja seca y contemplaba su color rojizo, la desmenuzaba, levantaba un pedrusco y descubría un hervidero de hormigas que acarreaban sus huevos amarillos hacia el húmedo interior de la tierra. A lo lejos, en los campos de deporte, se oían de vez en cuando los gritos de la hinchada. La voz quebrada de Lulu, solista como de costumbre, seguida del coro de los demás, llegaba amortiguada por el filtro de la vegetación: «Un saludo de la antigua Troya: ¡y una polla!». Cuando metían goles aullaban todos al unísono, los gritos de las chicas tapaban entonces los trinos y el susurro de los árboles. ¿Con qué podía enfrentarme a ellos? ¿Con mis miserables versos? ¿Con mi camisa de nylon? ¿Con mis ojos, que no podían fijarse en ningún objeto porque ningún objeto de este mundo les interesaba? Murmuraba entonces con obstinación, como una panacea, mis amados versos: «Llueve la soledad en las horas inciertas, / cuando todas las calles se vuelven hacia el alba / y cuando los cuerpos que nada encontraron / se separan desencantados y tristes, / y cuando las personas que se odian / tienen que dormir juntos en la misma cama… / luego la soledad se marcha con los ríos».[6]

Venía luego el almuerzo y un nuevo vagabundeo por las profundidades del parque, que cobraba ahora un matiz ámbar de un dorado oscuro. Me alejaba tanto en el interior de aquella vasta concha vegetal, por aquel laberinto de setos, de arbustos de celindas y ramas de lilas, me adentraba tanto bajo las bóvedas ardientes de los abetos y de las hojas, que al poco rato me sentía vacío de memoria, de pensamiento y de lenguaje, y aprendía la lengua de las sombras y del fuego del follaje, de la humedad, de la savia bajo la corteza de los troncos… Contemplaba durante largos minutos cómo las hormigas trepaban por la corteza manchada de resina, volcaba de vez en cuando una piedra en busca de una escolopendra descolorida... Intentaba sacar de su concha seca, pegada a una hoja, frágil como el papel, al caracol que se entreveía en su interior, una maraña de hilillos verdosos y negros... Palpaba las ásperas esporas del envés de las hojas de los helechos... Me acurrucaba allí, en el escondite más húmedo y secreto del jardín, y me quedaba así, mirando las libélulas y las arañas hasta que el cielo se teñía de noche...

Y al día siguiente, después de que se repitiera la pesadilla de la discoteca y de las obscenidades nocturnas, descubrí, en un valle lleno de flores, el *paraíso*. Y, como siempre, el paraíso me pareció una locura tan terrible como el infierno. Nunca los había enfrentado entre sí, al contrario, sabía que tanto el infierno como el paraíso eran aliados y que luchaban juntos en la destrucción del ser, que el país de la tortura y el país del placer eran vecinos en las regiones inferiores de la mente, similares a la oscura zona ano-genital, debajo del laberinto intestinal. Para un ángel, la caída en el paraíso es tan triste como la caída en el infierno, porque el placer extremo quema y destruye tanto como la llama del azufre. Budila —esa cloaca infecta— y el barroco y aromático valle de flores describían para mí la geografía sombría de la adolescencia. Y no dudaba por un solo instante que filamentos nerviosos, túneles secretos y canales subterráneos unen los dos polos de la misma Caída formando una telaraña de horror. En mi sueño sensual, me hundía cada vez más, con odio y amor y desesperanza, en la mugre extática de la carne.

Descubrí el paraíso cuando, muy temprano, salimos a realizar una excursión por los alrededores. Las mañanas eran frías así que todos llevábamos jerséis que, hacia el mediodía, tendríamos que anudar alrededor de la cintura. El nutrido grupo de unos doscientos alumnos se extendió rápidamente, en camarillas y grupitos, a lo largo de varios kilómetros. Pasamos junto a manzanos cuajados de fruta verde, junto a fábricas de ladrillos de color barro, junto a casas de tejas rojas. Sobre los valles ondulados corrían las sombras de las nubes. Yo iba rezagado, hacia el final de la columna desordenada, junto con Savin y Clara, y de vez en cuando añadía también algo en una conversación pretenciosa y prolija sobre filosofía india, sobre el círculo de las encarnaciones y el nirvana, el sufrimiento y las mayas.[7] Nos perdíamos en sentencias farragosas, exhibíamos nuestras lecturas sobre *anata* y *anika* y *purusha*. Clara nos miraba, unas veces a uno y otras a otro, y el delirio de las formas de las nubes se reflejaba en sus ojos de cristal azul. Era la época de los *hipsters*, vilipendiados en nuestros periódicos, en los que aparecían siempre las caricaturas de unos melenudos con flecos, con un coñac delante y una mano en el bolsillo de sus viejos. Orientalismos, marihuana, música rock, todo el cóctel penetraba lentamente entre nosotros, tiñendo de colores vivos la maravillosa indiferencia de la juventud. ¿A quién le importaban la Unión de Jóvenes Comunistas, la televisión o los periódicos? ¿Quién hacía el más mínimo esfuerzo por entender el mundo en el que vivía? El magnetófono, los tes, las discusiones repetitivas, las revistas porno eran la realidad. ¿Dónde estaba el sufrimiento? Nuestro viejo profesor de teoría del socialismo, golpeando el estrado con su botín ortopédico, recitaba sus cursos con voz monótona, sin importarle que las chicas leyeran *Lorelei*[8] bajo el pupitre o que los chicos se volvieran en sus asientos y, con el rostro atormentado de los cantantes de rock, moviendo rítmicamente los hombros, gimieran entre dientes los primeros acordes de *The Song Remains the Same*... Cuando sonaba el timbre, borrábamos de la pizarra las consideraciones sobre el centralismo democrático y escribíamos versos de Éluard: «Ella está de pie bajo mis párpados...». Nos contentábamos con esta maya restringida, compartíamos momentos agradables y en el cielo brillaba el sol, a pesar de la propaganda.

Adelantábamos a algunos grupos, otros nos adelantaban a nosotros, nos fijábamos en los huertos, en las losetas blancas, en los mojones que marcaban los kilómetros, en los gitanos seguidos por sus mujeres cuando, de repente, Clara nos señaló unas manchas fosforescentes a la derecha del camino, al fondo de un lindero de acacias. Al principio creímos que eran las tiendas de campaña de unos italianos, pero los turistas no frecuentaban demasiado esa región. Las manchas eran borrosas, como una llamarada de matices cambiantes o como el mar adivinado a lo lejos, entre rocas. Predominaba un color fresa atravesado por estrías nacaradas. Savin nos dejó atrás para alcanzar a unos tipos del liceo Bălcescu que llevaban las guitarras a la espalda, y Clara y yo avanzamos campo a través unos doscientos metros, hasta la linde que era, de hecho, un verdadero bosquecillo de acacias jóvenes. Tras ellas apareció un montículo redondeado, construido probablemente para marcar un límite o tal vez, incluso, a modo de tumba. Trepamos el túmulo y desde arriba pudimos ver a nuestros pies un asombroso y mágico valle lleno de flores silvestres. Margaritas y bocas de dragón, chicoria y manzanilla, flores abigarradas abiertas en todo su esplendor, como en un cuadro *naïf*. Clara estaba fascinada, bajó y se adentró entre las flores, que le llegaban hasta la cintura. Se detenía, arrancaba una y la miraba atentamente, olía otra, de un tallo cogía una mariquita brillante y la echaba a volar desde el dedo... Bajé también yo. Así había imaginado un valle cuando, a los ocho años más o menos, tumbado en el sofá, leí mi primer libro de cuentos y cuando todas aquellas topografías y personajes fabulosos, las montañas de cristal, el Hombre de flores con la barba de seda, Niño-Triste e Inia-Dinia, Pedrito Pimienta y Flor-Florida daban vueltas en mi cabeza, y dibujaban unas figuras como iluminadas por dentro. Era el Valle del Olvido, donde aquel que se queda dormido no añora a sus padres ni el lugar donde ha nacido. Un lugar tan hermoso no puede existir en realidad. Era literatura, era ficción, y nosotros éramos los personajes de un poema. Recordé esos versos de Donne en los que dos enamorados duermen juntos, cogidos de la mano, en un valle florido, sin otro roce que el de los dedos entrelazados, la unión de sus espíritus es «el único modo de procrearse». Sin embargo, Clara era absolutamente real y la conocía desde hacía dos años, desde que era mi compañera de clase. Una chica juiciosa, discreta y tranquila. Caminamos durante un rato contemplando las flores y luego nos sentamos en la hierba enmarañada. Las corolas se esforzaban por cerrarse sobre nuestras cabezas. Nos tumbamos uno junto al otro y permanecimos allí, intercambiando alguna palabra de vez en cuando, durante toda la mañana. En su rostro temblaban las sombras coloreadas de los pétalos acariciados por el sol. Un escarabajo de caparazón metálico, verde brillante, trepaba por un tallo. Una telaraña, empujada por el viento, se hinchaba entre dos ramitas. Mirábamos cómo el cielo se iluminaba y se oscurecía con el paso de las nubes.

Cuando el sol llegó a su cenit, quemaba tanto que casi incendiaba los pétalos multicolores del mar de flores; nos incorporamos de nuestro aire verde y, con los ojos entornados, hundidos hasta el pecho en las flores temblorosas, nos dirigimos hacia la carretera. No nos habíamos dado cuenta de todo lo que nos habíamos adentrado en el valle. Caminamos media hora hasta el otero, embriagados por el aire fresco y el polvillo que miles de mariposas de un azul eléctrico, rojo, carmín, de color mantequilla, con rayitas verdosas y puntitos marrones expandían, como lentejuelas minúsculas, por todas partes. Unas mariposas así de estilizadas solíamos dibujar en frisos cuando éramos pequeños y yo me esforzaba por colorearlas con las más brillantes de las veinticuatro pinturas de cera de mi estuche, que olían maravillosamente. También el bosquecillo de acacias me parecía ahora más ancho y más intrincado. Con el pelo abrasado por el sol atravesamos el campo y llegamos de nuevo a la carretera. Regresamos al campamento. La casona, en la quietud del parque, parecía de cristal. Me fijé en la estatua del centro del estanque: el aire a su alrededor se ondulaba. El bronce estaba casi incandescente.

Esta noche he vuelto a escuchar abajo los ruidos de una voluptuosa agonía. Pero esta vez la mujer, en el momento culminante, ha gritado con voz ronca: «¡*Victor*! ¡*Victor*!» y esa coincidencia me ha perturbado mucho más que los cuerpos enredados de mi imaginación. Esto ha sucedido después de que ayer llegara tarde a la cena, demasiado emocionado por el paseo a través del bosque como para resistirme a la tentación de prolongarlo. Me imaginaba el regreso de Trakl, con pasos vacilantes, por el bosque incendiado. Necesitaba aquel aire fresco, cambiar el silencio atronador de mi habitación, con su estufa encendida, por el silencio omnipresente de los bosques, el silencio de los lugares que el pie humano no ha pisado. Paisaje puro, naturaleza pura, indiferente, en paz, fundida con todo lo que *verdaderamente* existe. Crucé el puentecillo de tablones podridos sobre el arroyo seco; el cauce estaba lleno de hojas muertas y barro y basura de la cantina: latas de conserva, papeles, hojas de polietileno pringosas; subí los escalones de cemento hacia el restaurante. En su interior, las figuras típicas: el nieto prodigioso en compañía de la abuela, el literato lleno de granos aferrado con ambas manos a la botella de cerveza, el músico famoso cruzando los dientes de dos tenedores y utilizándolos como una especie de pinzas de níquel. Por lo demás, mesas vacías, manteles de hule de cuadros blancos y rosas, algún jarroncito aquí y allá con una ramita de abeto. Mientras comía sin saber qué estaba comiendo, contemplaba con aire ausente las formas coloreadas del comedor, cuyas paredes de vidrio reflejaban hacia el interior la luz de las lámparas que brillaban como estrellas en las lagunas doradas de las ventanas. Y pensaba en ti, Victor, agazapado en el espejo de tu habitación, en aquel trastero espantoso, en aquel residuo nocturno, e imaginaba cómo, en una noche sin límites, en aquel retrete campestre de Svidrigailov, se desprendían de tu piel oleadas de vapor negro que oscurecían más aún la noche y el enigma. Tú acurrucado allí, tú con las manos en las sienes, gritando sin emitir sonidos en medio una noche que no cede, que se espesa con el humo que emana tu piel. Allí, sobre un montón de botas viejas, sobre el saco de la colada, entre telarañas cargadas de polvo, haces chocar dos piedras ovaladas y una llama pálida brota de repente cubriendo tus manos, te envuelve un olor a piedra quemada. Y en ese instante que tal vez no se repita jamás, la ves de repente: un rostro delgado, como modelado con una lámina de vidrio luminoso, hombros desnudos y frágiles. Una muñeca de trapo abrazada contra el pecho. Unas trenzas largas, obedientes, caen sobre el escote del vestido de algodón —un saco deforme que deja sus hombros desnudos— como dos tallos. Os miráis a los ojos. Ella se levanta hacia ti. Te besa en la comisura de los labios, te grita unas palabras desesperadas, pero la noche no conduce el dolor, entrelazáis vuestras manos, os abrazáis, todo, todo en ese instante único, solitario. Allí, en el centro de mi cráneo, como bajo una bóveda bárbara de huesos entrecruzados, en la noche de mi tejido cerebral… ¿Qué sucede? ¿Qué *demonios* sucede? ¿De dónde vienen estas alucinaciones? Siempre he vivido, he pensado y he escrito para ti, Victor, mi doble impecable, enquistado bajo el agua helada del espejo. Pero ahora… ¿quién ha penetrado hasta tu mismo centro aséptico, atravesando la superficie tranquilizadora del cristal, para reunirnos de nuevo en ese triángulo inexplicable, en el mismo drama sin vida? ¿*Quién* es el intruso?

Una camarera me pregunta algo, me pide el bono del almuerzo. He elevado los ojos hacia ella. El uniforme queda mal en ese cuerpo de campesina: camisa blanca, falda negra. Un rostro dulzón, amanerado, una sonrisita medio tonta, medio perversa, ojos cansados, sin brillo. Sus cabellos cortos, ásperos, acentúan su aspecto masculino. La luz me hace entornar las pestañas. Me doy cuenta de que es tarde, de que he comido increíblemente despacio. El comedor estaba ya vacío y la camarera reunía los últimos platos, los saleros, los cestos del pan. Luego, mientras recogía también los de mi mesa, me ha dicho algo, unas palabras. Le he respondido y, como si solo esperara eso, se ha sentado a mi mesa para «descansar un poco». Hemos bebido una cerveza charlando con indiferencia. Sin embargo, al cabo de un rato me he dado cuenta de que estaba achispado y excitado. Nuestra conversación ha empezado a pasear las manos por los cuerpos, a escurrirlas por debajo de la ropa, a abrazar y a acariciar. Sabía que no debía hacerlo, sabía que eso iba a debilitar la lucha contra mi quimera y, a pesar de todo, le he dicho que viniera a mi habitación. Ha trajinado algo más por la cocina mientras yo apuraba la segunda cerveza, y luego ha aparecido vestida como un arlequín, con un pulóver verde fosforescente y unas medias rojas de flores. Se había pintado los labios, el carmín desbordaba la línea de la boca para hacerlos parecer más gruesos, se había maquillado con un colorete vulgar y barato. Hemos bajado la escalera juntos, hemos atravesado el puente, pero a la altura de una casa de madera recubierta de brea se lo ha pensado mejor. Se ha escurrido de mis brazos y ha desaparecido en el interior del edificio. La he insultado a voz en grito durante todo el camino de vuelta, le he llamado de todo: aldeana desgraciada, puta, perra… He abierto la puerta a tientas y he entrado en el amplio recibidor oscuro. De todos los muebles salía un humo que acrecentaba la sombra. Pero, en la ventana, una rama grande de pino, sobre la que caía oblicua la luz de una farola, se estiraba hacia el cristal; sus agujas verdes estaban perfectamente dibujadas, con un realismo único, alucinante. En mi habitación hacía un calor insoportable. Me he desnudado jurando todavía, loco de frustración, me he acurrucado en la cama y solo una hora después, cuando ya estaba medio dormido, he oído con claridad los gemidos y gritos de placer de la mujer del sótano. Los he escuchado envuelto en la manta, húmedo de excitación y, después de sobresaltarme al oír mi nombre pronunciado entre gemidos, me he quedado dormido sin darme cuenta. Descendía por un valle pantanoso, cubierto de lenteja de agua, de algas filamentosas, de iris mustios, casi podridos, y de rocío reluciente. Una construcción cuadrada, grisácea, se encontraba en la mitad del valle al fondo de un sendero de baldosas rotas y cubiertas de liquen.

Cuando he llegado al edificio me he dado cuenta de que se trataba de un WC público con dos puertas y unas ventanas mugrientas bajo el tejado. En cada una de las puertas había una plaquita de níquel fijada a la madera ruinosa con cuatro tornillos; en las plaquitas figuraba mi nombre, grabado en el metal reluciente con bucles y florituras como si de la puerta de un apartamento se tratara. He entrado y, en el interior, en la puerta de cada cabina, había una plaquita igual. He abierto la primera con el pie. He pisado las baldosas cuadradas y he llegado a un baño donde había una bañera rosa, lisa y ovalada, bordeada sin embargo por una gruesa línea de mugre. «Esta hermana mía es increíble, jamás limpia la bañera», me decía mientras recorría con los dedos el borde brillante de la bañera. Una puertita estrecha, rojiza, con un ventanuco en el que parecía que alguien hubiera arrojado un líquido sospechoso, blanquecino y viscoso, se abría junto a la bañera en la pared alicatada. La he franqueado y me he encontrado de nuevo en el mismo retrete miserable —tan estrecho que apenas me cabían los hombros— del sueño anterior. Entonces he recordado que me persigue mi hermana con sus terribles garras de celuloide y he visto su sombra en el ventanuco. Me he encaramado a toda prisa al hueco de ventilación, lleno de telarañas; las he desgarrado con la cabeza al intentar atravesar ese orificio tan increíblemente estrecho que me he arañado la piel de los brazos y de las caderas. Un espanto inexplicable acompañaba ese zigzagueo, esos arañazos, ese desgarramiento de la ropa y esos tirones de pelo a través del túnel de cemento. Finalmente, me he desplomado en la parte trasera del edificio, junto a una pared adornada con dibujos deformes, amontonados, vulgares: sexos y cópulas monstruosas, números de teléfono y nombres con letras retorcidas, frases incorrectas...

Y ahora, por la mañana, con la mente más despejada, intento penetrar de nuevo en esa esfera, en ese quiste hidatídico llamado Budila, intento acercarme de nuevo a la quimera, a lo insoportable, como se acerca un insecto traslúcido a la cáscara de la bombilla ardiente y cegadora.

La discoteca de la segunda velada se confunde en mi recuerdo con todas las que le siguieron, pero cada noche aumentaba la perturbación y la magia de aquella sala tenuemente iluminada por unas luces de color azul, rojo y verde esmeralda, y por un globo de espejitos que perseguía por las paredes cientos de cuadrados de un amarillo pálido. Aquel vacío oscuro y desazonador mezclaba el interior con el exterior mientras se iban formando las parejas. El rock desenfrenado daba paso a los *blues* en los que, abrazados, ellos aspiraban el perfume del cabello de las chicas, y ellas se abandonaban a merced de las imágenes lánguido-imbéciles-infantiles sobre el amor, mojándose más por el romance que por el deseo; se balanceaban sin hablar, rozándose con los demás como si de un único cuerpo con decenas de rostros se tratara. Yo podía observarlos a mis anchas, porque no me movía de mi silla, colocada en un rincón oscuro junto al magnetófono cuya aguja saltaba rítmicamente en el interior de una ventanita iluminada y graduada. Estaba allí, entre unas chicas sudorosas de tanto bailar y otras a las que nadie había invitado. En aquel océano de música atronadora que hacía retumbar los pulmones en la caja torácica, yo contemplaba cómo aquel tipo infinitamente largo, el «nazi» de pantalones acampanados, sobaba el trasero de la rubia descolorida con la que bailaba y le clavaba la cadera entre las piernas para arrimarse a su pubis, escondido bajo un vestido color marfil. Lulu reía mostrando su dentadura de negrito y un brillo demoníaco en los ojos, que reflejaban el azul, el esmeralda y el rosa de las bombillas. Bailaba zapateando, como los gitanos. En los bailes rápidos competía con Bazil por ver quién alzaba más la pierna o quién movía el trasero como una mujer… Hacían el tonto al bailar *Rasputin*, cuando se colocaban en círculos e imitaban un *kasatsok* ridículo: *Rara-Rasputin, russian special love-machine…* Todas las noches llegué, antes o después, a un punto sin retorno a partir del cual ya no podía aguantar más en aquel crisol sexual, en aquel lugar de dulce y ardiente autodestrucción. Salía a la oscuridad de la noche, bajo las estrellas eclipsadas de vez en cuando por el balanceo aterciopelado de las ramas de los abetos. Me sentaba en un banco y peroraba en voz alta, despotricando con desesperación contra aquellos seres que se conformaban con una ilusión, que ignoraban la estructura despiadada del mundo. Pocos iban a conocer, a través del sufrimiento, a través de la frustración, a través del rechazo orgulloso de la trampa pubiana, la *verdadera* existencia, la tortura de la lucidez. Los demás vivirán, amarán, tendrán hijos y morirán sin enterarse de que además de su imbécil felicidad, en este mundo existen otras cosas. Aceptaba mi maldición con odio, vergüenza y sarcasmo. Respiraba, casi mareado por el sufrimiento, el aire frío y oscuro. Me dolía la cabeza, sentía mi sexo húmedo entre los mulos. De todos modos, ¿por qué tenía que sufrir tanto? ¿Por qué tenía que amar y desear tanto eso mismo que despreciaba?

Me levantaba y paseaba por el parque en forma de concha, entre setos laberínticos. En los bancos, por los rincones más alejados y sombríos, se distinguían las siluetas de los que se abrazaban. Las manos de los chicos sabían mucho más que ellos. Sabían deslizarse suavemente bajo la blusa de las chicas, acariciar la piel fina y cálida de la cara interior de los muslos y subir cada vez más arriba, por debajo de las faldas de tela áspera. La mayoría eran solo unas niñas y algunas, a falta de algo mejor, se dejaban toquetear por aquellos críos. Se divertían gimiendo de forma teatral por el placer de volverlos locos de pasión. Unas horas más tarde, en el dormitorio, los tipos alardeaban de haberles hecho a Mariana, a Viorica o a Lili esto o lo otro. No les creía nadie, pero los demás no podían evitar, sin embargo, escucharles con una cierta envidia. Únicamente de aquella chica larga y flacucha —la llamaban Sony y lo cierto es que estaba como un cencerro— y del tipo de la cabeza afeitada se sabía que lo habían hecho la primera noche: lo comentó él y también ella se lo contó a sus compañeras de habitación. Además, iba a pillarlos, hacia el final del campamento, en un bosquete, el profesor de guardia. Estaban completamente desnudos cuando dio con ellos. «¿Ha sido antes o después?», le preguntó uno al nazi más tarde. «Después, hombre», respondió él con tanta indiferencia y sinceridad que no dejaba lugar a dudas.

Me dirigía luego hacia la gran cúpula sombría de la mansión. Parecía una humareda de color marrón brillante, un humo esculpido, una escultura de humo construida para durar un solo instante antes de esfumarse suavemente, como una nube en el cielo. Ascendía por la escalera tortuosa de cemento rugoso, cuajado de liquen amarillento, hasta el primer piso, donde estaba el pasillo de los dormitorios de los chicos. Desde aquí, por una escalera más estrecha de madera agrietada, fregada con aguarrás, subía al segundo, contemplando de vez en cuando mi propio rostro pálido reflejado en los ventanucos redondos, brillantes en la oscuridad, de la pared curva en la que se encastraban los extremos de los escalones, una pared pintada de color verde con una raya color café. La extraña luz oblicua que arrojaban las bombillas desnudas —sucias de caca de mosca y sujetas al techo por dos cables tiñosos—, hacía que en cada una de las cinco o seis ventanas redondas que se sucedían hasta arriba, hasta el segundo piso y luego, por una escalerita tortuosa y más estrecha, hasta el camarote de debajo de la cúpula, me viera más joven, con la cara más rellena, con los ojos más grandes y más inocentes. En el segundo piso, donde se alojaban las chicas y los críos, me vi en el espejo oscuro como un chaval de ocho o nueve años que miraba espantado hacia lo alto de la escalera, aumentada de repente hasta unas proporciones monumentales. Subía indeciso, pisando fuerte, escurriéndome despacio por el taladro de la escalera de la casa; volvía la cabeza para admirar la altura impresionante del techo, donde las bombillas brillaban como estrellitas lejanas. Hasta ese techo se extendía un espacio azul, extraño, silbante. En la última ventana redondeada, la que estaba junto a la gran puerta rojiza y resquebrajada, llena de clavos torcidos y letras enmarañadas, vi de repente mi rostro de bebé y mi cabeza casi pelada, los ojos húmedos de color marrón eran solo iris. Apoyé el hombro en la puerta esponjosa y esta cedió, derramando miles de partículas de pintura y un polvillo de madera podrida. Entré en la cúpula.

Mi locura actual se confunde con mi locura de entonces como dos animales primitivos, transparentes, con vacuolas y corpúsculos visibles a través del fino cristal de su carne, con filamentos de color marfil como vejigas de pescado, con cilios traslúcidos y seudópodos retractiles. Se tocan con sus películas húmedas y tímidas, se reconocen a través de una química sutil, se unen gracias a la secreción de unos pegamentos transparentes y brillantes, intercambian fluidos, amor, aromas e información. Mi demencia y agotamiento de ahora devoran mi terror y mi depresión de entonces, así que no puedo saber de qué abismos de locura cuajó el monstruo alucinante que vi latir, en todo el esplendor catastrófico de sus formas, allí, bajo la cúpula. Porque, bajo el decrépito cielo de latón de la cúpula, cuyo cardenillo había dado hojitas y florecillas de un verde veneno que crecían hacia el orificio del vértice —parecía del tamaño de apenas un céntimo, aunque a aquella altura debía de tener un diámetro de varios metros entre las paredes ovaladas y el suelo ennegrecido—, había un olor sofocante a orina y a heces petrificadas, flotaba algo parecido a una niebla intensamente blancuzca que llenaba todo aquel espacio de una soledad abrumadora. Sin embargo, me di cuenta enseguida de que no era más que una telaraña, densa y enrollada, que se ondulaba y se inflaba con la más mínima corriente de aire, centelleando a la luz pálida que se colaba por el rectángulo de la puerta rojiza. Sentí bruscamente la soledad como un alambre en torno al cuello que alguien fuera apretando poco a poco.

Avancé como un sonámbulo, pegado a las paredes de latón de color café aceitoso, arañándome con las flores oxidadas, sorteando las telarañas traslúcidas, aunque no pude evitar desgarrar algunas con el hombro; otras se me engancharon al pelo, me cubrían los ojos y me acariciaban las mejillas como si fueran las manitas de un niño. Sobre el suelo, que crujía a cada paso, distinguía, hasta donde alcanzaba la vista a través de las densas telarañas, objetos desparejados, putrefactos, cubiertos de moho. La mayor parte de ellos era solo una masa de tierra, un montón de polvo con olor a suciedad. Otros eran reconocibles: una muñeca podrida sobre la que se paseaban unas cucarachas negras, un triciclo cojo al que faltaba una rueda trasera, un despertador petrificado, el esqueleto de un gato, blanco y limpio, una batería grande, con papel enmohecido y una de las piezas desprendidas de la capa de brea, un palo de grafito embadurnado con vaselina y que olía a amoniaco... Avancé a lo largo de la pared curva durante más de un cuarto de hora hasta un punto en el que la telaraña no era ya tan compacta. Un gran túnel, de unos cuantos metros de diámetro, se abría en la telaraña desde la pared hasta el centro de la sala. Los hilos brillantes que guarnecían la superficie ondulante y tortuosa del túnel eran más densos, como el interior de un capullo de seda, y se elevaban de forma oblicua, sostenidos por el resto de la telaraña. Sentía cómo mis ojos crecían y cubrían la mitad del rostro. Avancé lentamente por aquel suelo de seda que temblaba al mínimo roce. El fieltro denso amortiguaba el ruido. De vez en cuando daba unas palmas pero no se oía nada. Gritaba, sentía cómo me temblaban las cuerdas vocales, pero la columna de aire vibrante que salía de mi boca se deshilachaba en la telaraña algodonosa. Al poco, aquel camino que al principio se elevaba suavemente, se hizo más sinuoso, con recodos y ángulos imprevisibles. Cuerpos momificados y esqueletos descoyuntados, envueltos en lienzos transparentes, se entreveían en la densidad de la tela. Pero no sentía miedo, el temor estaba tan ahogado como mi voz. Sabía que tenía que llegar hasta allí, hasta el centro, enfrentarme a la visión desde allí. De repente el camino se elevó como una chimenea perlada. Ahora subía con dificultad, aferrándome al fieltro cada vez más blanco, a los hilos cada vez más húmedos y pegajosos. Un último pasillo horizontal desembocó, tras un recodo, en la inmensa caverna del centro de la telaraña.

Era un enorme nido de araña. Lo ocupaba por completo un animal del tamaño de cien elefantes. Latía allí, con las patas recogidas, con un tórax poderoso, con quelíceros ensangrentados, con unos ocelos tan grandes como mi cara y brillantes como perlas de rocío. La esfera de su vientre era tan inmensa que escapaba al campo visual tal y como escapa la curvatura de la tierra. Percibió el temblor de mis pasos, extendió al instante sus ocho patas y quedó paralizada como una flor atroz. Era tan bella como abominable porque su espanto estaba envuelto en un vestido mágico, inolvidable. Cada uno de los segmentos de las patas era diferente a los demás y estaba teñido con los más iridiscentes, más carnavalescos y más locos colores vivos. El tórax era de un púrpura intenso, los quelíceros, del más rutilante turquesa, el vientre, del delicioso color del ciclamen, con pelillos de ese verde que roza el amarillo limón, con ramificaciones rosas y casi invisibles anillos de color fresa. Los colores avellana, el azul marino, el amarillo canario, el ocre, el anacardo y el verde azulado se transformaban lentamente, haciendo aguas infinitas, en azul verdoso, jade, en pluma de pavo real, en escama de crótalo, en los pétalos brillantes, carnosos, de millones de flores, todos se extendían y brillaban y parpadeaban y se separaban, desaparecían y reaparecían en la húmeda piel de la araña gigantesca, con unos matices, tan metálicos algunos y tan aterciopelados otros, que ninguna flor, ningún pájaro, ningún prisma y ningún sol del universo podía alcanzar el esplendor divino de aquella fiera. Al mirarle a los ojos, redondos como piedras preciosas, sentí de repente cómo se resquebrajaba mi cerebro, cómo se separaban mis hemisferios craneales: uno de ellos permanecía paralizado por un terror que se elevaba hasta el infinito mientras el otro caía en éxtasis ante aquella belleza igualmente infinita.

Yo yacía allí, carente de voluntad, era solo un ojo del que colgaba, como un harapo, el resto del cuerpo, un único ojo grande y transparente, clavado en los ocelos de la bestia, fascinado e iluminado por aquel sol salvaje de ocho rayos, por aquel sol criminal con garras de sarcopto. Me acercaba despacio, con movimientos sonámbulos, a aquellos quelíceros de los que goteaba el dulce y perfumado veneno mortal. Avanzaba por el pasillo lleno de gelatina, me esforzaba por nadar entre los corpúsculos asquerosos, entre los mucílagos filiformes, hacia aquel globo del corazón mismo del mundo. Mi cráneo se abombaba, se alargaba como una pared curva de cristal, se deshacía en miles de partículas; mi cerebro, escindido, prensado, enajenado y, sin embargo, arrebatado por una felicidad cegadora, manaba de la carne desinflada y flácida y se pegaba patéticamente a la membrana vibrante del gigantesco vientre. Me confundía con la araña. Nos amasábamos juntos, nos entremezclábamos hasta la confusión, como cuando mezclas con la mano plastilina de colores, como cuando la aprietas hasta que se te escurre a través de los dedos. Reventábamos en cuatro, en ocho, en dieciséis, en treinta y dos seres pegados y transparentes, hasta que el embrión empezó a vibrar con los latidos del corazón, hasta que a través de las venas aún frágiles de la frente y de las mejillas y de los labios circuló sangre púrpura y sangre rojiza, hasta que en las manos y los pies se formaron dedos y de su piel, blanda como sépalos de flor, brotaron las uñitas. Un nuevo ser, encogido y rosa, creció, la masa llena de huesillos invadió la cúpula, se tensó por un instante y la hizo añicos; se extendió bruscamente en el cielo iluminado por el fuego de las estrellas, se elevó entre las estrellas, manchada por el fuego estelar, y vivió allí, en medio de las estrellas, una vida de estrella…

Descendía de la cúpula por la misma escalera de madera de ventanas redondas, y en cada ventana me veía cada vez más maduro, si de maduro puede ser calificado al menos el último reflejo, que esbozaba el perfil anguloso de un adolescente de ojos tristes y una sombra de bigote sobre unos labios sensuales y ascéticos. Salía del edificio y me envolvía de nuevo la brisa cálida de la noche. «¿Por qué un ángel? La noche ha llegado» —recitaba yo en voz baja— «En la noche las hojas crujían / A través del sueño gemían los apóstoles…» Caminaba varias horas delirando, hasta que el cansancio me hacía regresar a la cama de mi dormitorio solitario. Me tapaba la cabeza con las sábanas y, así envuelto, como duermo siempre, me retiraba, lentamente, al interior de mí mismo.

Al poco rato no sentía ya el ruido lejano de la discoteca y un vómito de ideas e imágenes me invadía, me torturaba, no me dejaba desaparecer en el sueño. La cabeza de una víbora, luminosa, de colmillos curvos, bostezaba en mi retina. Un muerto, con la piel del rostro en descomposición, pronunciaba mi nombre lentamente. En la ventana del dormitorio unas cabezas verdosas de niño se deslizaban como balones, intentando acceder al interior. Voces autoritarias resonaban limpiamente en mi oído. Me protegía apretando los párpados y espantándolas con la mano, intentaba pensar en otra cosa, pero las obsesiones volvían una y otra vez. Una cucaracha negra se metía en mi boca y se paseaba por la lengua. La masticaba, el caparazón de las alas crujía entre mis muelas. Luego se me antojaba que un sable afilado penetraba mi corazón. Desesperado, me llevaba las manos al pecho, intentaba agarrar la espada y arrancármela, me retorcía, abría los ojos, me incorporaba. Apenas volvía a acostarme cuando un largo rugido de león —era un león de llamarada roja, lo veía claramente en la pantalla oscura de la retina— me hacía abrir los ojos de nuevo, invadido por una oleada de sudor frío.

Una de esas noches, en un estado de lucidez absoluta a pesar de que había sobrepasado ya las barreras del sueño, se perfiló en mi espacio visual, nítida hasta los detalles más nimios, una cadena de habitaciones que recorrí una tras otra, llevado por la curiosidad. Algunas estaban cubiertas con un papel rosa satinado en el que se podía distinguir cada florecilla ornamental; otras tenían un papel verdoso y en algunas colgaban grandes lámparas de cristal, de prismas perfectamente tallados. Artesonados, puertas corredizas con relucientes ventanas de cuarzo, muebles con delicadas incrustaciones, estatuas de mármol que representaban personajes enigmáticos, dactilógrafas que me miraban sorprendidas desde sus escritorios, todo era vívido y concreto. Mi mirada se acercaba al pisapapeles colocado en una mesa, exploraba el rostro arrugado de alguna dactilógrafa y después se dirigía hacia la puerta que, al abrirse, ofrecía nuevas perspectivas. ¿Qué palacio era ese? ¿Y en qué parte de la roca blanda del cerebro excavaba sus salas y galerías? ¿En una de las seis capas del neocórtex? ¿Más adentro, en el tálamo o en el hipocampo? ¿En la carne ligeramente ahumada de la zona de Broca? ¿En el fascículo Vicq d'Azyr? ¿O tal vez, más bien, en el mágico disparador de los sueños, en la caja de marfil llamada *locus ceruleum*? ¿Hasta dónde llegaban sus cimientos? ¿Hasta el cerebro primitivo, con sus ídolos obscenos? ¿Acaso más allá, hasta lo somático? ¿Había allí galerías como las de los sarcoptos, mazmorras, zonas de apertura hacia los nervios craneales y las arterias y los intestinos? Más tarde, cuando ya me había cansado de tanto vagabundeo abstracto, tras avanzar por pasillos tortuosos flanqueados por habitaciones de puertas abiertas, accedí a un ala del edificio en la que todo se oscurecía progresivamente.

Allí me embargó el pánico. Las puertas estaban selladas con unos gigantescos y obscenos cerrojos. En los pasillos aparecían unos animales desconocidos y repugnantes. En el suelo ya no había alfombras sino un mosaico de cemento pulido, húmedo como el de los cuartos de baño. La oscuridad era rojiza, crepuscular, y viraba hacia el ocre de un lago en el ocaso. El camino descendía, ya que al final de cada corredor había unos escalones, desgastados en el centro por millones de pisadas, que conducían hacia un nivel inferior, igualmente cerrado en sí mismo. Las paredes rugosas eran rosáceas como intestinos. Sus puertas, cada vez más esporádicas, parecían heridas ovaladas, bastamente cosidas. El miedo, la vergüenza y la desesperanza se confundían en mi interior cuando distinguí una luz de un amarillo sucio que llegaba desde una puerta excavada en una lejana pared apergaminada. Su rectángulo resultaba de una precisión milagrosa en aquel universo tortuoso y desportillado. A medida que avanzaba hacia la puerta me daba cuenta de su tamaño. La inmensa puerta de madera estaba abierta de par en par. El picaporte quedaba muy por encima de mi cabeza. El cerrojo colgaba roto y desinflado sobre la puerta, como un escroto rojo y peludo. Dentro había una sala vasta y luminosa, con tres globos blancos en el techo, unos cuantos urinarios en una pared y unos aseos en la pared opuesta. Tubos, gruesos y delgados, corrían a lo largo de las paredes cubiertas de telarañas. Los mismos animales sin pelo, con los ojos desorbitados llenos de venillas, hormigueaban sobre los charcos del cemento, que olían a orina. Yo miraba hacia arriba, hacia los urinarios, y mi rostro se reflejaba en su loza pulida. Tocaba con los dedos los tubos empañados.

* * *

Después de semejantes noches, casi insoportables, las mañanas eran como diapositivas en color: sol y abetos, chicos y chicas tomando el fresco. Corría con ellos alrededor del parque a través del aire frío, reíamos y nos empujábamos, mirábamos el trasero de las chicas —redondeados por los pantalones cortos de deporte—, y su extraña forma de correr, agitando las manos con afectación a ambos lados del cuerpo. En el desayuno tomábamos un té de caramelo, el té universal de los campamentos de estudiantes y nos preguntábamos si llevaba bromuro o no. Luego teníamos tiempo libre hasta el almuerzo. En uno de los márgenes del parque estaban los campos de voleibol y de fútbol. En el otro, una cancha de baloncesto. Todos estaban llenos. Los chavalillos jugaban al fútbol en el césped alrededor de la fuente, y los alumnos del liceo, en los campos. Los torneos serios, entre equipos de diferentes liceos, habían empezado ya al segundo día y, con esa ocasión, en las gradas tenía lugar un diálogo exuberante y pintoresco en el que participaban los chicos que no jugaban y, sobre todo, las chicas, que reían y animaban encantadas, se subían en los bancos y saltaban, aplaudían a lo tonto cada jugada del partido… Lulu, líder de la galería del Cantemir, estaba siempre de pie; bajito, con los hombros demasiado anchos, con cara de pájaro, con los ojos desorbitados e inyectados de sangre, rugía hasta quedarse ronco, en una especie de trance parecido al de los urogallos. Él daba el tono de todos los cánticos y gritos de ánimo, y los cambiaba siguiendo un ritmo que oía solo él. Se comportaba como un bufón, solo una máscara, un pelele de celuloide, con la cara pintada toscamente, como un personaje de feria. Su boca estaba siempre increíblemente roja y el pelo —de un negro betún—, siempre revuelto. Por cómo se movía entre el grupo en los bancos abarrotados, Lulu parecía dibujado directamente en el aire con unos bruscos trazos de pincel. «Ay, mujer, ¿hoy qué almorzamos? / La-la-lalala-la / Te la meto y nos tumbamos. / ¿Y los niños qué almuerzan? / Se la meten y se acuestan. / La-la-lalala-la….», cantaba en pleno delirio, coreado por los gritos de las chicas. Los profesores, sentados en los mismos bancos, se hacían los sordos o se divertían, sonriendo discretamente. Otras veces, cuando de repente reinaba el silencio, Lulu prorrumpía con una voz aguda de mujer: «Mira, tú, ¿pero qué es eso? / ¡Un muerto con eso tieso! / ¡Que te proteja la suerte / de un vivo con ella muerta!». Nuestra galería languidecía solamente en los partidos de baloncesto, cuando Lulu se convertía en la estrella de la cancha. Aunque era menudo como un gnomo, sentía una pasión desesperada por ese deporte, y lo podías ver jugando a todas horas «dos contra dos», hasta el agotamiento, bajo un sol abrasador que le había enrojecido la piel del cuello como a los campesinos. Manejaba la pelota con destreza, driblaba y pasaba, la lanzaba a la canasta, todo ello con una viveza que yo no sería capaz de sentir por nada de este mundo. Corría como un poseso de un lado a otro del campo, con sus piernas arqueadas, y gritaba: «¡Venga, ahora! ¡Pásamela ahora!», cogía la pelota, pivotaba, empapado de sudor como un perro que sale del agua, la lanzaba y marcaba. No tenía ningún complejo respecto a los larguiruchos entre los que se movía. Después de cada canasta venía corriendo hasta nuestra galería, nos daba la espalda y se contoneaba como una odalisca, agitando los brazos sobre la cabeza.

Pero yo oía el ruido sordo del balón al caer, los gritos de los jugadores y el duelo entre los seguidores como si brotaran del interior de la tierra, bajo millones de toneladas de tierra transparente. Ellos eran la piel del mundo, creada para arder en incendios catastróficos, eran la flor de la hierba destinada a alimentar un horno. Yo los miraba como si estuviera contemplando un daguerrotipo del siglo pasado (niñas feas y hurañas jugando con aros, un chico jorobado tocando el violonchelo…), sabiendo que de esa foto no quedaban más que unas manchas sepias sobre una emulsión, que también ellos habían vivido, que habían crecido, que habían tenido penas y esperanzas, que habían llevado prótesis dentales y que habían sufrido enfermedades… para convertirse todos, del primero al último, en cadáveres infectos que habían vivido una vida de ilusión y que no habían dejado de su existencia otra cosa que la «realidad» de una fotografía…

Cogía un libro, me sentaba en la hierba y leía algún verso, oteaba el cielo de verano, las nubes blancas sin contorno preciso, pero la mayoría del tiempo contemplaba el vacío, a la espera de que aparecieran en mi memoria fragmentos de los sueños de la noche, añicos luminosos, recordados bruscamente antes de caer de nuevo en el olvido. Algunas veces Savin me sacaba de mis ensoñaciones —aunque no me apeteciera mucho estar con él— para arrastrarme a quién sabe qué discusión pseudofilosófica sobre la vida después de la muerte, sobre los cuerpos astrales, sobre el espíritu que abandona el cuerpo y migra hacia un mundo más favorable, hacia Agarti y Shambala… Existía en algún lugar un mundo etéreo, resplandeciente, un mundo donde reina la felicidad verdadera e infinita, más allá de la cúpula azul, así como por encima del músculo curvo del diafragma, sobre el hervidero de intestinos pestilentes y sexos obscenos, se encuentra la arquitectura solemne de los pulmones y del corazón, y sobre ellos se alza cegador, como la cúpula de una basílica orgánica, el brillo esponjoso del cerebro. Existía un mundo frente al cual el esplendor del cabello femenino no era más que mugre y grasa; los jardines de Oriente, fosas de basura; los incunables y sus miniaturas, trapos podridos y polvo; las flores, las mariposas y las nubes perfumadas, pus infecto. Nosotros éramos el infierno de aquel mundo soñado y mancillado por nuestro espíritu, y el camino a través del infierno, hasta el fondo mismo del infierno, era nuestro único acceso. Existía una simetría oculta que enfrentaba las vísceras de abajo con las de arriba, el sexo con el cerebro, así que teníamos que llegar hasta el fondo mismo del albañal para poder acceder en algún momento a las alturas.

Algunas veces también Clara se unía a nosotros. Salíamos por la puerta del campamento y tomábamos el mismo camino de siempre, junto a los manzanos y las fábricas de ladrillos, perorando con aire solemne sobre Dios y la salvación y el Apocalipsis y Armagedón. Y los platillos volantes. Bajo la corteza terrestre había inmensas cavernas conectadas por redes de túneles. Allí vivía una civilización muy superior a la de la superficie. Pueblos de magos, de telépatas, de posesores del Enigma. Nosotros éramos la generación destinada a conocerlos cuando los sellos se abrieran y ellos salieran en hordas triunfantes, con sus ojos terribles, con melenas de luz blanca y llamaradas brotando de sus manos, para acabar de golpe con el desgraciado edificio de nuestra civilización. Subterráneo, subterráneo… esa palabra nos fascinaba. Por debajo había gnomos, espíritus, atlantes, hadas madrinas, diosas, hipogeos, muertos, nonatos, así como el doble de cada uno de nosotros. La búsqueda tenía que volverse hacia la tierra, apartar el humus lleno de lombrices y topos para poder dar con las Entradas.

Llegábamos, sin dejar de charlar, hasta el valle florido. Nos revolcábamos entre las flores, en el aire verde, y seguíamos con nuestra conversación, cada vez más deshilvanada. Finalmente, la fascinación de aquel lugar de una belleza irreal nos paralizaba y permanecíamos largo rato callados, tumbados uno junto a otro. Experimentábamos una turbación tranquila, aceptábamos la naturalidad de un erotismo inocente, como si esos seres tuvieran tres sexos en lugar de dos, pero como si sus sexos fueran yemas, como si estuvieran aún en un estadio embrionario. En aquel valle el pensamiento se transformaba en Eros y Eros, en pensamiento… Hacia el mediodía nos incorporábamos, húmedos por la savia de la hierba aplastada bajo nuestro cuerpo, nos sacudíamos las hormigas y las mariquitas y atajábamos a través de las corolas multicolores. Nos sentábamos en el cerro, que parecía vibrar y latir cada vez que por la lejana carretera pasaba un camión o un tractor, como si debajo de aquella capa de tierra cubierta de hierba se escondiera una carne viva y sensual.

Anoche volví del restaurante con ella. Parecía más decidida esta vez. Caminó tranquila conmigo hasta la casa. Llevaba una especie de blusón menos estridente, ya no parecía una fulana, pero su rostro tenía ese aire indefinido de quien, por aburrimiento, acepta la invitación de un hombre. Cuando cruzamos el puentecillo cogí su mano y me sentí, de improviso, impaciente y excitado. Entré en la casa, abrí la puerta de mi habitación y dejé que entrara conmigo en aquel calor sofocante, en la oscuridad apenas diluida por el rectángulo más claro de la ventana. Seguía nevando imperceptiblemente, las estrellas brillaban un instante y se apagaban después en el manto anónimo cuajado en el suelo. Aunque al principio se mostró arisca, esta noche me ha parecido dulce y tierna, como si todos los huesos se le hubieran fundido. Cuando se desnudó, no se tumbó «voluptuosamente» en la cama, como en las escenas clásicas, sino que permaneció en pie ante mí, acariciándome y abrazándome. Al cabo de un rato nos dejamos caer ambos entre las sábanas arrugadas del sofá. Todas las mujeres desnudas resultan bellas en la penumbra azulada de las noches de invierno, todas tienen algo serio y cautivador… Nuestro encuentro fue breve, torpe y violento. El paroxismo me vació no solo del contenido de los canales seminales, sino de todas las vísceras de mi cuerpo, disueltas en una gelatina cenicienta y homogénea. Me tumbé bocarriba invadido por una depresión horrible. Por la sensación de estar acabado, de haber caído en una trampa, de haberlo traicionado a él, a aquel de hace dieciocho años, de haber traicionado mi buhardilla, las ruinas, la poesía. Mi madurez me atormenta y me asquea. Ciertamente, por aquel entonces era un crío con la cabeza atiborrada de literatura engullida sin masticar, pero quería elevarme por encima de lo humano. Escribía en cuadernos, como en trance, unos versos amorfos, inventaba motivos de infelicidad y de sufrimiento, forzaba mi soledad hasta la esquizofrenia, pero tenía en mi mente la imagen cegadora de lo que iba a ser algún día, el hombre completo y perfecto, el escritor total… Aunque en la soledad de mi lecho amarilleado por el sudor, pasaba unas horas horribles en las que el miedo y la excitación, el miedo excitado, llegaban al cenit, sabía quién era, sabía qué tenía que hacer y la perspectiva de una vida muerta, osificada, no me entristecía: tenía que entregar mi vida para ganármela. La debilidad y deformidad de mi cuerpo, las palpitaciones y los sofocos que sufría, los sueños crueles, escatológicos, premonitorios, todo eso correspondía en mi imaginación al retrato del que domina a su carne para llegar al espíritu y más allá del espíritu. Me veía al cabo de diez años, escribiendo febril ese Libro en el que las ruinas y las torres y las plazas de mis sueños brillaban en medio de un crepúsculo dorado, un libro creado no solo por mi mente, sino secretado por las glándulas de mi cuerpo, expectorado por mis pulmones, exprimido de mis testículos, eviscerado de mis tripas, brotado de mis carótidas. Me imaginaba, al cabo de diez años, adolescente aún, pero un adolescente de órbitas violetas, de mejillas chupadas, sin muelas, de costillas afiladas bajo la piel, allí, junto a las nubes, en aquella habitación asfixiantemente estrecha, sin amigos, sin mujeres, sin familia, sin otro semejante en el mundo. Así estaría toda mi vida. Pero mi vida sería breve, lo justo para poder acabar el Libro. Solo saldría para visitarte a ti, Victor, en esa habitación idéntica en la profundidad del espejo. En la oscuridad idéntica de tu vida. Durante noches enteras nos miraríamos fijamente a los ojos a través de ese vidrio sucio, verdoso. La noche caería poco a poco, las nubes de la ventana se volverían púrpuras como los ojos de las aves canoras y luego, en el marco de la ventana, aparecerían las estrellas, pero nosotros seguiríamos mirándonos a los ojos, hasta que detrás de tu hombro asomara, rodeada de bucles, la cabeza con párpados blancos y pestañas ligeramente orientales de ella, de la niña de la muñeca de trapo...

Y mira tú, han transcurrido más de diez años y no he escrito el gran libro. Ni siquiera me he vuelto loco. Me he convertido en un hombre que ha conocido bastantes mujeres, en un autor de éxito, con amigos, con un apartamento que no tiene nada que ver con una buhardilla, en un hombre que podría haberte ignorado por completo a ti, el chiquillo patético de entonces. Habría podido avergonzarse de ti como, de costumbre, se avergüenzan las mujeres de la adolescente engreída, de la mosquita muerta que fueron en su día. Dios mío, ¿es que, *por suerte* o *por desgracia*, existe Lulu? ¿Qué haría sin él? Sin esos labios pintarrajeados, sin el asco por esas tetas de algodón, sin este flemón que me infecta la sangre… Sin él yo lo habría olvidado todo, y el campamento de Budila, con todo aquel mundo demente del centro de mi cabeza, se habría perdido entre las miles de fichas de mi memoria. Hoy sería un hombre con un horizonte sin fisuras en la conciencia, como un bloque de hielo a través del cual apenas se adivinaría, al fondo, la silueta agazapada, patética, del antiguo soñador. Sí, solo a través de Lulu he permanecido en ese mundo. ¿Pero cómo? ¿De qué manera se enlaza todo? Porque siento que los lazos son oblicuos, que allí, en la oscuridad impenetrable donde se rozan suavemente las sinapsis, donde los receptores químicos se extienden en la carne transparente como el hilillo negro de los cuernos del caracol, Lulu no es en sí mismo un mensaje sino que te *deriva* a un mensaje, Lulu es el nombre de un túnel, de un pasillo que se encuentra en lo más profundo de mi cráneo, un sitio de paso obligado hacia el verdadero Enigma. En el pasillo Lulu hay puertas selladas con cerrojos rojizos, hay puertas de cristal a través de las cuales, si arrimo la frente al vidrio caliente y pongo las manos a ambos lados de la cara, puedo distinguir algo y, finalmente, hay habitaciones sin puertas, en cuya sombra podría adentrarme. La galería desciende continuamente y el calor aumenta. Es el recorrido mágico de mi sueño, la trayectoria de mi obsesión, y no es posible salir de él así como no puedes abandonar el hilo de tu propia vida…

La chica se incorporó y comenzó a buscar su ropa a tientas. Al final encendió la luz y la habitación se llenó de repente de fealdad y sordidez. Yo la miraba con odio mientras se vestía sin decir una palabra: varonil, campesina… una criada. Me sentía estrujado, estrujado por dentro. Qué mierda, el esperma es cerebro, es memoria. Es como si un canalillo uniera directamente la carne blanca de la mente con el aparato grotesco de entre los muslos. En el aura del orgasmo percibes claramente cómo la sustancia cerebral es exprimida y bombeada a la parte inferior del cuerpo, cómo disminuye su nivel en el cráneo y cómo ese líquido marfileño empieza a girar como en un lavabo o una bañera a los que se les hubiera quitado el tapón. Quizá tuviera yo razón en mis ensoñaciones: los hombres no pueden convertirse en superhombres o en dioses porque son absorbidos, vaciados de todo aquello que en ellos empieza a cobrar forma, por unas mujeres panzudas, con piezas bucales perfectamente adaptadas, con garfios, pinzas y ventosas con las que se sujetan al pecho velludo. Anfitrión y parásito, pero la apuesta no es la sangre sino el cerebro. Sin embargo, incluso así, exhausto, tengo que avanzar, tengo que seguir todos los recodos del pasillo, incluso aunque, quizás, en vez de la cámara secreta encuentre al fondo una cárcel, una cámara de tortura, un abismo, un infierno.

La quinta noche nos bajaron al patio. Nos colocamos en nuestros sitios habituales, en grupos de chicos y de chicas, pero esta vez nos dejamos de bromas y chismorreos porque había sucedido algo interesante. Todos sabíamos de qué se trataba. Habían pillado a Sony y al nazi desnudos en un bosquete y ahora, ante nosotros, formaban una pareja hilarante. Ella mascaba chicle y miraba con gesto aburrido hacia un lado, y él se hacía la víctima, cabizbajo, con la mirada clavada en el suelo, pero a veces, cuando los profesores no estaban atentos, se le escapaba una risita y nos dedicaba un gesto vulgar con el dedo. Del discurso del director, en tono ubuesco, teatral y arrogante, aprehendíamos solo fragmentos arrastrados por el viento: «Un suceso especialmente grave, incompatible con el hecho de ser un estudiante… Es triste que en nuestro campamento haya sucedido algo así… Nos pondremos en contacto con el liceo… se lo comunicaremos a los padres…». Se decidió enviar a los dos de vuelta a casa, un día antes del final del campamento. «No merece la pena preocuparse por este sinvergüenza, que no se le puede llamar otra cosa. Hoy ha hecho esto, pero mañana se unirá a otros bribones y asaltará tiendas o robará coches o se dedicará a extorsionar y violar. Basta con ver la pinta que tiene, esos pantalones vaqueros y esa cara de criminal...» El nazi mostraba una sonrisa sarcástica y levantaba la pierna para que pudiéramos apreciar mejor sus pantalones acampanados. «No diré nada más sobre él, que siento asco ante semejantes especímenes. ¡Pero mirad también a vuestra compañera, miradla, que es una chica como vosotras! ¡Y tú mira a tus colegas, ellas sí que saben lo que significan la modestia y la decencia! Ellas no han venido aquí a enseñar los muslos, sí, sí, los *muslos*, que contigo no se puede hablar de otra manera… Sois jóvenes, eso ya lo sé… Queríais discoteca y os dimos discoteca. Queríais excursiones e hicimos excursiones. Pero creíamos que todos sabíais que los valores, a vuestra edad, deben ser la amistad, el deporte, quizá incluso un cierto sentimiento de ternura hacia los más mayores de vosotros… No estamos aquí para vigilaros… pero de eso hasta lo que han hecho estos dos… estos… *indeseables*…» El director se había acalorado y la indignación le ahogaba. Nosotros comentábamos: «¿Pero qué han hecho, hombre?

¿A él qué más le da? Como si no hubiera acosado todo el tiempo a la de biología…». El director alcanzó entonces un clímax olímpico: «¡Fuera de aquí! ¡Sinvergüenzas! ¡Marchaos, no quiero volver a veros!». Ante esas palabras, el larguirucho y su chica reaccionaron de forma ejemplar: con unos rostros exageradamente apenados, como de payasos blancos, arlequín y colombina, se dirigieron hacia la salida, arrastrando los pies y mirando hacia atrás con «desesperación». Cuando llegó a la altura de la espalda del profesor, el nazi se enderezó y, como le sacaba dos cabezas, fingió acariciarle la calva. Una profa plantada de jarras (todas, a pesar de la obesidad y de su aspecto de amas de casa, estaban vestidas con ropa de deporte, con pantalones y camisetas, y se hacían las turistas) lo vio y empezó a chillar histérica. El sinvergüenza se llevó tranquilamente el dedo corazón hacia la boca y lo movió varias veces, mientras miraba fijamente a los ojos a la pobre mujer; los gritos se le congelaron en los labios. «Que sepáis —continuaba el director— que el comportamiento de estos dos arroja una sombra de duda sobre todos vosotros. Yo incluso quería, os lo digo con toda sinceridad, suspender la fiesta de despedida del campamento. Habéis tenido suerte: el programa ya estaba cerrado porque, si no, os habría dejado sin fogata, sin fiesta y sin nada…»

Nos dirigimos a los dormitorios pateando las escaleras de caracol y maldiciendo al director. Algunos se prepararon para ir a la discoteca, se intercambiaron pantalones y camisas, se pusieron desodorante en los sobacos, en los calzoncillos y calcetines, y otros nos quedamos en la cama, distrayéndonos a nuestro aire. Cuando los bailarines salieron en tropel de la habitación, apestando a desodorante barato, el imbécil de Măgălie agarró el spray y empezó a cargarse las moscas y los mosquitos de las paredes. Se subía a las camas, se ponía a cuatro patas debajo de los lavabos, se arrastraba con una cerilla en la mano izquierda y el bote de metal en la derecha. Cuando encontraba una mosca encendía la cerilla y pulverizaba el spray en dirección a la llama. Brotaba una llamarada que transformaba la mosca martirizada en una fritanga chisporroteante. Al poco rato todo el dormitorio apestaba a proteína quemada. En las paredes quedaban, aquí y allá, unos ronchones negros con un punto blancuzco en el centro de las manchas allí donde había estado la mosca. «¡Acaba de una vez, hombre, que nos envenenas a todos!» le gritaba alguno, pero Măgălie, riendo cínicamente como en una película de vampiros, seguía arrastrándose en busca de «boyardos», como llamaba él a sus víctimas. «Espera, que he visto un boyardo en la ventana. Ya está, este es el último». Manix, que se había enfadado con su Michi y se había quedado en el dormitorio, hojeaba una revista porno, gruesa y arrugada, de hojas dobladas. Cuando estaba de buen humor, se la prestaba a otros. Yo también se la había pedido una vez y, en la soledad del dormitorio, pasé una página tras otra con decenas y cientos de cuerpos desnudos que se acoplaban en las posturas más fantásticas. A veces me contemplaba, desnudo, en el espejo del baño. Las costillas se me marcaban como en una clase de anatomía. Tenía la impresión de que mis piernas eran ridículamente zambas. La piel, de un amarillo verdoso, estaba ya arrugada. Ninguna mujer haría conmigo lo que hacían las de aquellas fotografías en color. A los trece años había encontrado en la anticuada biblioteca de mis padres un libro de educación sexual, encuadernado con un miserable cartoné grisáceo; estaba escrito por una alemana oriental, solterona probablemente, porque el tono de las tres cuartas partes del libro era lírico y empalagoso, como un dúo de opereta. Enfatizaba el amor y el respeto entre los esposos, y la autora bordaba hasta el infinito, con voluptuosidad, el cañamazo de los preludios amorosos: los adolescentes que se dedican una primera mirada tímida, luego él le ofrece una flor (siguen diez páginas sobre el lenguaje de las flores, con abundantes citas de Goethe), finalmente, la petición de matrimonio y la boda propiamente dicha, rodeadas de tanta solemnidad que te dabas perfecta cuenta de que la pobre doctora solo había catado el velo y la flor de azahar en sus glamurosas ensoñaciones. Tras las primeras cien páginas de circunloquios y alusiones crípticas, en las últimas diez páginas se liquidaba la parte técnica. Una única frase resumía toda la vida sexual del hombre: «El acto sexual es simple, reflejo, y no necesita de un aprendizaje previo: consiste en la introducción del pene del hombre en la vagina de la mujer». Ninguna otra mención en el resto del libro. Venían a continuación unas aclaraciones sobre el embarazo con esquemas y dibujos muy abstractos. Es cierto que, al final, en dos páginas complementarias, aparecían, igualmente estilizados, un hombre y una mujer, desnudos y cohibidos, con una expresión indescriptible en sus rostros: algo de vergüenza, una pizca de apatía, un cierto placer sado-masoquista... La mujer tenía una cadera deforme, como si fuera coxálgica, no tenía pechos en absoluto; en cambio, un vientre de mujer del cuatrocientos se hinchaba sobre una vulva inexistente. El hombre presentaba un corte de pelo a lo Rodolfo Valentino, tenía un pezón más alto que el otro y, entre sus muslos de atleta espartano, un gusanillo ridículo. Pero, a pesar de todo, esa estupidez de libro me excitaba terriblemente. Tuve mi primera erección leyendo la frase de la «introducción». Me sentía unido a la mujer coxálgica por una pasión lúbrica. Se convirtió en mi amante secreta y nocturna, mi hetaira Esmeralda…

Intenté leer algo, pero resultaba imposible con Măgălie y sus sandeces. Permanecí tumbado con la mirada clavada en el techo durante unas dos horas. A mi mente venían, como la resaca al borde del mar, con una consistencia brillante, estos versos obsesivos: «Un metal frío aparece en mi frente. / Mi corazón lo buscan las arañas. / Hay una luz que se apaga en mi boca».[9] Y llegaba a sentir cómo se trenzaban las arañas bajo la colcha, sobre mi piel seca y ardiente, arrastrándose hacia mi corazón. En el dormitorio reinaba ya la penumbra cuando comenzó mi lucha desesperada contra la alucinación. Avanzaban circunspectas, protegiéndose de mis manotazos; eran decenas y trabajaban alrededor de mi cuerpo envolviéndolo con los hilos brillantes secretados por sus vientres esféricos, encerrándome en una bolsa de algodón como una larva de mariposa, inmovilizando mis brazos, mis rodillas, mis codos y cada uno de mis dedos. Me transformaban en una bola, en un ovillo. Me miraban fijamente con sus minúsculos ojos, me manipulaban con las extremidades peludas de sus patas. Y entonces, tan paralizado por el sueño y por los hilos resistentes que apenas conseguía girar los ojos en las órbitas, las arañas, pérfidas y silenciosas, atacaron mi corazón como si se tratara de una mosca grande y negra, como si fuera un abejorro enloquecido. Se precipitaron sobre él con sus quelíceros transparentes exudando veneno. Inoculaban en él sus fatales aminoácidos y se retiraban rápidamente. Seguían arritmias y convulsiones, falta de aire y punzadas dolorosas. Sentía que los ojos se me salían de las órbitas. Tenía el cuerpo paralizado porque habían puesto buen cuidado en picarme antes en la nuca, en la zona del bulbo llamada *locus ceruleum*, que ahora les pertenecía por completo. «Mi corazón lo buscan las arañas», retumbaba todo el tiempo en mis oídos: «Mi corazón lo buscan las arañas...». Yo flotaba en una oscuridad densa, momificado por las telarañas, exangüe, con los huesos deshechos por la vejez, transparentes por el veneno. Estaba en un espacio abierto e ilimitado. Ni siquiera se veían las estrellas. De repente me percaté de que mi cráneo estaba lleno aunque mi cerebro había sido devorado mucho antes. Algo ocupaba mi cabeza, estaba replegado en sí mismo, allí, en el espacio liso situado entre los huesos del cráneo como el cangrejo ermitaño que instala su vientre blando en una caracola de nácar. Entonces comprendí que en mi cerebro vivía una araña enorme, que yo le había sido entregado, que era una presa viva y paralizada, que ella me succionaba y que había engordado anormalmente gracias a la sustancia de mis venas, de mis articulaciones, de mi sangre y de la corteza del cerebro, de mis recuerdos verdaderos y falsos, de mis miedos y mis alegrías, de mis poemas y de mis ensoñaciones y mis sueños. Era una araña de luz cegadora, hecha un ovillo, con las patas recogidas, bajo mi bóveda craneal. Al pensarlo sentí cómo crecía en mi interior un terror infinito. Un sonido dorado como una letanía se amplificaba de forma insoportable, hasta la locura y más allá de los límites de la locura, salía del universo y se extendía triunfante en el espacio inconcebible más allá del universo. No existía límite en el crecimiento del éxtasis, del espanto, de las quemaduras, del grito, de lo inhumano, de los temblores, del veneno, de la voluptuosidad, de la muerte y de la vida y de la agonía. El color amarillo, invisible a los ojos, y el grito, que los oídos no podían percibir, crecían y latían y vibraban, la araña se debatía cada vez con más fuerza, como un pollo dentro del huevo, hasta que el huevo de mi cráneo estalló en pedazos y, arrojando una llamarada luminosa en el espacio infinito, con sus patas en llamas y su vientre en llamas, la araña desplegó su dominio…

Volví en mí acostado boca arriba, paralizado aún, en la cama del dormitorio. Finalmente conseguí incorporarme sobre los codos, con la cabeza vacía. Una luz verdosa, extraña, llegada de ninguna parte, describía círculos por la habitación y podía distinguir así los rostros brillantes de mis compañeros, que dormían con una mano bajo la cabeza. Salí por la puerta. Recorrí todo el pasillo y llegué hasta la puerta principal, remachada con chapas y clavos de hierro. La abrí y respiré aliviado el aire fresco de la noche. Descendí por la escalinata curvada de suntuosas balaustradas. El edificio estaba tenuemente iluminado y parecía semitransparente. Avancé hacia el estanque de la estatua. Toqué con los dedos sus fríos labios de mármol. El agua era negra y se mezclaba con las estrellas. Unos peces como de vapor se movían lentamente por el fondo, inquietos quizá por el reflejo de mi rostro en el agua. Miré fijamente a los ojos a la imagen surgida de la sombra (eras tú, Victor, sin edad, el Victor de siempre). Me di cuenta de que estaba todavía soñando cuando distinguí la estatua de bronce de la ninfa. Con un brillo apagado, oscuro —pero aun así como iluminada por dentro, entre las tinieblas andrajosas del parque—, la ninfa había levantado la cabeza y me miraba a los ojos. Los bucles que antes cubrían la mitad de su rostro estaban ahora, como serpientes metálicas, extendidos por los hombros. Se había enderezado y sus senos resultaban afilados y agresivos. La ninfa suplicaba, imploraba. Sus manos estaban extendidas hacia mí en un gesto de patética impaciencia. Los dedos estaban crispados, prestos a atraparme y destrozar mi cuerpo. Pero su rostro convulso, la mirada turbia y el labio superior contraído, mostraban el sufrimiento dulce que precede al orgasmo. Todo el compás de curvas de su cuerpo, relleno y esbelto al mismo tiempo, se precipitaba hacia mí en un movimiento único y demente. Desesperada de pasión, parecía a punto de desprenderse del pedestal y abalanzarse sobre mí de un momento a otro. A sus espaldas, la mansión parecía hincharse y palpitar, como una medusa venenosa. Y el sexo de la ninfa, antes protegido con su manita, estaba ahora descubierto, horrendo, increíblemente monstruoso: entre sus muslos torneados y delicados, la ninfa tenía un sexo de hombre, de sátiro dispuesto al acoplamiento. Sentí un asco terrible, el asco que solo se puede sentir en sueños, y salí corriendo hacia la casa, abofeteándome la cara con todas mis fuerzas para despertarme. Franqueé la puerta de los cerrojos y me lancé escaleras arriba, subiendo los escalones de dos en dos, con el vello erizado por el asco. Los escalones de madera, rojizos, crujientes, subían cada vez más sin que se pudiera entrever adónde. Sin embargo, conseguí llegar al final de la escalera, solo y desorientado bajo la luz lívida de una bombilla que iluminaba débilmente una puerta con un aro de metal y un ventanuco manchado de cal. La abrí y me espanté. En aquella habitación violentamente iluminada, sobre la taza de porcelana, estaba mi hermana, que me miraba con una sonrisa extraña. Por el suelo de mosaico, ante sus pies, estaban, retorcidos y desordenados, los negativos en blanco y negro con escenas de familia. En uno de sus dedos, el índice de la mano derecha, tenía un trozo de película a modo de bastón, reluciente, como de medio metro de largo. Me lo clavó en el pecho, sin dejar de sonreír, hasta que la película, como un puñal que penetrara a través de mi pijama, desapareció por completo. Sin embargo, el dolor fue tan intenso que parecía que me hubieran clavado un cuchillo en el corazón. Gemí y abrí los ojos en la luz gris y fría de la mañana.

Permanecí durante un rato con la mirada perdida, paralizado por el terrible mensaje de mi sueño, petrificado aún por la fascinación y el terror. No sé por qué recordaba con insistencia la misma imagen: mi cama se transformaba en una tumba antiquísima, profanada y expuesta, tal y como había visto en una vitrina del museo de historia, y yo era el esqueleto roto, fragmentado, de color terroso, confundido con la tierra, que reía sarcásticamente en dirección al techo. Me envolvían aún unos trapos putrefactos, como cortinas desoladas, incandescentes por las ráfagas de tiempo que soplaban sobre mí. Y de repente pensé que allí, en el pequeño túmulo del valle paradisíaco, un gemelo mío, momificado, yacía tal vez en la misma posición, con la misma sonrisa, pero con las órbitas y el paladar atrapados en el lodo atravesado por venillas y raicillas.

La mañana era espléndida. Para espabilarnos, nos hicieron correr durante un cuarto de hora alrededor de la casa (miré asustado hacia la estatua, pero la ninfa se mostraba de nuevo inofensiva y púdica), nos colocaron en filas, volvimos a saltar como pelotas y volvimos a caminar como enanitos, tras lo cual nos dieron, en la cantina, el consabido té de caramelo (¿tiene bromuro o no?). Esa mañana, Manix, con una jeta muy extraña, de borracho o poseso, con la cara congestionada, interpretó una especie de pantomima rimada, moviendo el cuello y los hombros, golpeando el vaso de té con la cucharilla y recitando, de vez en cuando, unas palabras. Alargaba hasta el infinito un chiste obsceno y estúpido que, en la página de un libro, habría ocupado unas pocas líneas; lo adornaba y construía con volutas y detalles, lo decoraba con estucos y acanaladuras hasta que el sentido lógico se perdía por completo. Inmediatamente después del desayuno, casi todo el mundo se retiró a las habitaciones para hablar sobre el gran carnaval de la fogata de la última noche de campamento. Mis colegas evocaban otras últimas noches de otros campamentos, y las recordaban con dimensiones valpúrgicas: máscaras, bebida, hogueras inmensas que chasqueaban y lanzaban llamaradas hacia los rostros de alrededor, chicas bailando en sujetadores de lentejuelas… el profesor de educación física y la profesora de inglés pillados en la mesa de ping-pong… un tipo de Neculce que se había acostado con cuatro chicas en la misma noche (ese, a lo largo de su vida, se habrá acostado con ciento setenta y ocho mujeres)… Asaban panceta en la propia fogata, un buen pedazo chorreante clavado en una ramita afilada… Lanzaban contra la pared las botellas de cerveza vacías… En fin, era siempre una locura.

Cuando me aburrí de escucharlos, tras unas cuantas horas de fanfarronadas monótonas sobre el fondo musical del magnetófono —*Hey babe, take a walk to the wild side…*—, me escabullí del dormitorio como una sombra. Una vez más, nadie me prestó atención, como si fuera verdaderamente invisible. Deambulé durante un rato, sin objetivo, por las escaleras y los pasillos de la casona. Las puertas de algunos dormitorios estaban entreabiertas y se podía ver a varios individuos sentados frente a frente sobre las camas, parloteando y riendo, alguna que otra chica arreglándose las uñas, críos peleándose con almohadas… De los techos nevaba el revoque inflado y descascarillado, los marcos de las puertas tenían incontables picaduras a través de las cuales se adivinaba la madera podrida. El aire de la casa parecía teñido de azul como el humo de un cigarrillo. Estaba absolutamente solo, era un indeseable, un espectro. Para seguir respirando en mi monstruosa infelicidad, llevaba a cabo un esfuerzo que a otro le habría bastado para escribir una epopeya, para escribir el gran Libro. La casona, como una caracola rugiente invadida por hormigas, me rechazaba con una fuerza incomprensible. Sentí que las venas del cuello se me contraían bruscamente y salí al inmenso patio de alamedas serpenteantes, al sol y al aire libre. «Laberinto la vida, la muerte laberinto. / Laberinto infinito, dijo el mago de Hô», recitaba en voz alta. Salí por la puerta de hierro forjado donde colgaba la ya sucia y arrugada pancarta «¡Bienvenidos al campamento de Budila!», y me dirigí, caminando lentamente, cabizbajo, hacia el sendero flanqueado por casas de pueblo y pozos con tazas de hojalata sujetas con una cadena. Ni siquiera los lugareños que pasaban a mi lado parecían observarme. Solamente en el umbral de alguna puerta, una niña con vestido de algodón, con una balanza y un cesto de cerezas ante sí, me miraba largamente con unos ojos marcados por una tristeza atávica.

Dejé atrás el pueblo y tomé el camino asfaltado, bordeado por canteras de piedra y manzanos polvorientos. De vez en cuando, alguna vaca con olor a boñiga arrancaba la manzanilla de la cuneta. Estaba trastornado, y mi perturbación de esos momentos se sobreponía a la perturbación más vasta y más profunda de la asquerosa y horrible adolescencia. Que no era, a su vez, nada más que un moretón en la piel leprosa de la vida. ¿Dónde estaba la Salida? ¿Por dónde se podía atravesar? ¿Qué había —no como símbolo, ni como simple juego cultural, ni como autosugestión— más allá de este agujero en la tierra? ¿Qué había *en realidad* fuera de esa letrina, de esa buba? ¿De ese asco? Con la muerte en el alma, avanzaba por el trayecto elástico entre la vejiga urinaria y el recto, en un territorio escatológico desprovisto de esperanza. El cielo se curvaba sobre mí como un diafragma más allá del cual había, tal vez, unos pulmones y un corazón, una boca y dos ojos serenos y, más arriba, un cerebro omnipotente. Pero yo no llegaría jamás a la zona superior, al más allá. Aquí, bajo toneladas de intestinos, en una obscenidad infinita, iba yo a vivir mi agonía. Bajo un sol como una bolsa de hiel, bajo unas estrellas como ganglios intestinales...

Después de caminar durante una hora larga con la mirada clavada en el suelo, avancé campo a través hasta el valle de las flores. Un cielo azul pálido, surcado por mariposas de colores, se arqueaba sobre el valle como una campana de cristal. Todo era mágico como esas bolas de cristal en las que nieva, e igualmente inverosímil. Me tumbé ante el promontorio sobre la hierba áspera. Acaricié, con una extraña voluptuosidad, pasando la mano por las gramíneas y el trébol, aquella curiosa joroba. Una lombriz gruesa y húmeda, con venillas sanguinolentas en su piel traslúcida, se sacudió bruscamente y desapareció en la tierra.

Me puse en pie y, hundido entre las flores hasta la cintura, descendí hacia el centro del valle. De lejos me di cuenta de que allí, en una superficie bastante grande, la vegetación estaba aplastada; se había convertido en una alfombra tejida con las duras fibras de los tallos, con las hojas, con las corolas destrozadas y desperdigadas por todas partes. Flotaba un olor a vegetación estrujada, de un verde oscuro, que brotaba de la tierra. Me acerqué y entonces los vi.

Estaban desnudos, tumbados de espaldas bajo el sol ardiente, con las manos entrelazadas y mirándose a los ojos. Un halo de ingenuidad e inocencia doraba sus rostros de niños; era como un sueño antiguo que te asalta de repente a la hora de la siesta. Mientras los contemplaba fascinado, recordaba que en algún lugar del hipotálamo existe un centro del placer, un jardín paradisíaco donde la luz del orgasmo, que enciende el aire en gruesos círculos de oro, pierde todo el calor animal y se transforma directamente en algo espiritual y cristalino. Ese icono de un erotismo más elevado —porque todo, todo era simétrico y tenías que hundirte en las grietas de carne, piel y mucílagos antes de llegar hasta el placer sagrado— se me revelaba ahora, barroco y conmovedor: dos jóvenes desnudos mirándose a los ojos en un valle lleno de flores.

Ya no me interesaba demasiado quiénes eran aquellos dos adolescentes (porque no eran en realidad Savin y Clara, sino únicamente sus efigies en un *mandala* de curvas y piel bronceada) ni tampoco si habían hecho el amor. Quizá se amaban a través de la mirada, como en el poema de Donne, tumbados sobre la hierba aplastada, somnolientos, exánimes y dorados, contemplándose con la secreta alegría, profundamente impresa en nosotros, del reencuentro con la hermana o el hermano perdido, con la mujer reprimida en todo hombre y con el hombre escondido en toda mujer…

Me alejé hacia el borde del valle, perturbado y profundamente triste. Apenas al llegar a la carretera conseguí espabilarme y la realidad, con los manzanos y las vacas que pastaban junto a la cuneta, refrescó mis ojos y puso orden en mis pensamientos. Recorrí, caminando como un autómata, el largo trayecto sinuoso que llevaba hasta el campamento; no deseaba otra cosa que desaparecer cuanto antes, atomizarme, perderme en algún punto de aquel paisaje polvoriento. Cuanto más lúcido me sentía, más crecía en mí una desesperación histérica, sin límites, como si unas mandíbulas gigantes me hubieran desmenuzado poco a poco, hueso a hueso.

¡Qué raro, qué raro era yo por aquel entonces! ¡Qué blanda, qué informe, qué disponible era la carne de mi psique! Mis testículos tenían circunvoluciones, lóbulos y ventrículos, mientras que mi cerebro secretaba el esperma de los sueños. Los atardeceres dorados que se extendían como sábanas sobre los bloques viejos me dolían como si fueran mi propia piel y sentía aquellas casas abandonadas como si fueran mis órganos internos. Estaba dentro y fuera, arriba y abajo, como un embrión en el negro vientre del mundo. Imaginaba, a veces, que estaba vuelto del revés como un guante, y que el mundo exterior era mi sangre, mis pulmones, mi páncreas, mi linfa, mis costillas y mis vértebras, mientras que las profundidades de mi cuerpo eran luminosas, llenas de sol, de luna y de estrellas, cegadoras de Divinidad. Soñaba con mucha frecuencia que podía mover los objetos con la fuerza de mi voluntad: escuchaban mi mano tendida y se apresuraban a dar un salto desde su sitio y a acercarse rápidamente a mí. Soñaba que tenía pechos y vulva, era todo: hombre y mujer, niño y anciano, gusano y Dios, todo ello envuelto en una fiebre perturbadora. Pero, aunque era todo… ¡cuánta frustración! ¡Cuánto fiasco! ¡Cuánta locura! ¡Cuánta nostalgia! Era como si todo, para redondearse en un Hipertodo que no pudiera ser pensado, que no pudiera ser tocado sino con los tentáculos ardientes de la fiebre y la pasión, se hubiera acoplado con la nada, con el vacío desolado y agusanado. Estaba enfermo por el deseo de convertirme en Dios. Desde que la célula vitelina del vientre de mi madre fue destruida por una célula flagelada de la carne de mi padre, yo había crecido como una asíntota, impetuoso como la torre de Babel, como Ullikummi,[10] el niño de piedra, desafiando a la ley según la cual todo se deteriora y se confunde con el horizonte. Dos, cuatro, ocho, dieciséis, treinta y dos, sesenta y cuatro… Pronto, muy pronto, tocaría el infinito, Alef elevado a la potencia Alef, para aferrarme a la túnica de Dios, para mirar profundamente su ojo triangular entre las cejas y penetrar en él como un espermatozoide en un nuevo óvulo, para nacer de nuevo en un mundo de luz transfinita que nuestra pobre carne presiente y excreta tal y como la comisura legañosa del ojo excreta la lágrima globular, límpida y brillante. Seguiría creciendo y creciendo para llegar a ser no Dios, no el Todo, sino el Todo elevado a la potencia del Todo, Dios elevado a la potencia de Dios. No podía saber entonces que el proceso es pendular, que a todo crecimiento le sigue el decrecimiento, que la tragedia del arco de la circunferencia es universal y cruel. Si me suicidara hoy, ahora, si cometiera ese acto inútil (porque, en cualquier caso, mi vida no será, hasta su punto final, nada más que una cola gris de rata), diría que a los diecisiete años llegué al apogeo de mi vida, aquel *mezzo del camino*, en el que tuve que conocer la maquinaria pesada, obscena, la picadora de carne hecha de carne del *mundo-infierno-purgatorio-paraíso* o del *espacio-tiempo-cerebro-sexo*, y tuve que presentir el final del crecimiento. Entonces estuve en la cumbre, entonces tropecé, en mi infinita trasgresión, con un ídolo bárbaro y miserable, con un icono blasfemo y estridente, con un espectro deforme llamado Lulu. Lo vi de repente frente a mí, en aquel momento, cuando no distinguía entre el lodo y la luz, en aquel lugar llamado Budila, aquel retrete asqueroso lleno de gusanos, pero también el fantástico Buda flotando en un loto de color perla sobre las aguas oscuras, vi sus labios pintados, falsos, acercarse a los míos, pude sentir el olor a *musk* que se evaporaba de su cuello empolvado… Y caí y el arco empezó a descender. Y con él desciendo también yo, cada vez más abajo, sigo a la magistral Lulu avanzando a través de la carne de mi cerebro, hundiéndome, atravesando como un rayo los seis estratos del neocórtex, penetrando en el cerebro medio, en el tálamo, enroscándome en torno a los centros de la furia, del dolor, del orgasmo, de la repulsión, del mareo y perdiéndome en el cerebro primitivo, en la morada de los ritos, de las máscaras y de los ciclos, donde, como un vapor mecánico, como un vapor arquitectónico, como un vapor tan estructurado y complicado como el universo, el alma se sublima a partir del cuerpo. Cada vez más profundo, cada vez más ardiente, cada vez más imposible de respirar.

Amigo, sigo escribiendo en esta habitación con la estufa encendida, con una ventana a través de la cual se ven las montañas, tan borrosas y lejanas como todo lo que existe en este mundo. Deambulo cada noche por el vestíbulo helado, entre muebles fríos y pesados, miro a través de las ventanas cómo cae la nieve a la luz de alguna farola. Hablo a veces en voz alta mientras hago fuego en la estufa, mientras camino a zancadas junto al largo aparador, trazando con el dedo una línea sobre el polvo que empaña su brillo. Voy al baño —a esa cámara estrecha de techos altos donde la taza del retrete borbotea apagadamente— para contemplarme en el espejo. Paralizada en capas infinitas, transparentes, la imagen de un hombre joven que, en el ocaso luminoso del invierno, mira sus propios ojos en el espejo, tiene algo de anticuado, de legendario, recuerda a una estampa antigua. Estamos paralizados, fascinados, mirándonos a los ojos durante horas muertas, mientras hace cada vez más frío y está cada vez más oscuro. El espejo se empaña, el color café se va extendiendo por su superficie de plata, y le sigue un betún desolado en el que solo brillan tus ojos, Victor. Tus ojos, desmesuradamente abiertos, con unas pupilas que engullen todo el iris y oscurecen el baño helado. Me dirijo a tientas hacia mi pequeña habitación donde la luz azulada, rugiente, del fuego de la estufa, arroja sus rayos sobre las paredes. Me acuesto, me cubro la cabeza con la manta y me hundo, bruscamente, en el sueño. ¿Por qué aparecen siempre las mismas redes subterráneas? Los mismos retretes verdosos con agua hasta los tobillos… Los mismos receptáculos de porcelana sobre los que destilan gotas refulgentes de las estalactitas del techo. Los mismos conductos llenos de telarañas, con grandes grifos devorados por el óxido, rodeados de brea y de cartón reventado. Las mismas ratas semitransparentes escondiéndose en los recovecos…

Anoche, cuando apenas me había quedado dormido, empecé a esbozar, con las manchas fosforescentes que aparecen bajo los párpados, un guión horrible. Pensaba que estaba encerrado para siempre en la cabina de una de esas letrinas campestres. Sobre las paredes de tablones encalados había unas arañas esféricas con las patas extendidas. En el techo, colgando de un cable, parpadeaba una bombilla pelada. Abajo, solo tierra. Al otro lado de la puerta, trancada con un pasador primitivo, de madera, se extendía una noche sin límites y, en su interior, la eternidad. En mi pesadilla, yo sabía que jamás saldría de allí, que permanecería paralizado en ese mundo sórdido de un metro cuadrado por un tiempo inconmensurable, hasta la descomposición de la idea misma de tiempo. Me preparaba para enfrentarme con audacia a los primeros miles de miles de eones cuando, de repente, un movimiento en un rincón atrajo mi mirada hasta entonces inmóvil. Bajo los trozos de periódico prendidos de un clavo trabal bostezaba, en uno de los tablones, un agujero negro, húmedo y sucio, una grieta del infierno, del que sobresalían las dos patas gruesas y fuertes de una araña. Ahora lo veía entero por primera vez: el diablo de antracita, tenso y poderoso, imparable, y el veneno que destilaba de sus quelíceros. La maquinaria peluda, de afilados ganchos y palancas, se abalanzó fulminante, columpiándose del hilo, sobre una polilla minúscula, blanca, aterciopelada; una de sus alitas había quedado atrapada en la telaraña mientras que la otra se agitaba como un abanico y esparcía un polvillo nacarado. No podía apartar los ojos de aquella batalla terrible. La araña no tenía prisa. Con unos cuantos hilos sujetó a la víctima a la red, paralizó el revoloteo del ala libre y después, trabajando con el cuerpo encogido, rodeó a la mariposa por arriba y por abajo con su vientre elástico, empezó a envolverla en sus propias alas hasta transformarla en un paquete alargado en el que solo se adivinaban los ojos fosforescentes y la trompa retorcida. Tras recortar unos hilillos, el monstruo cogió el paquete en forma de bebé y lo arrastró hasta el agujero de entre los tablones. Allí, aquel ángel de ojos de relampagueantes, de ojos centelleantes, un ángel vencido, paralizado, solo ojos desorbitados por el pánico, iba a ser hostigado, aguijoneado, succionado, sodomizado, torturado, sometido a otras atrocidades para las que el horror no tiene nombre, y así por toda la eternidad, sin piedad, sin esperanza, sin fin. Allí, mirando fijamente a su verdugo, en medio de una noche bestial y hormigueante. Y de repente, sin transición, temblando aún por efecto del sueño, incapaz de darme cuenta de si estaba despierto o si había entrado en otra de las estancias de mi cerebro, sentí el calor y la suavidad de las mantas y percibí eso que, al principio, había tomado por los gritos desgarradores de la mariposa mártir. ¿Por qué se filtraba a través de ellos tanta voluptuosidad? Atravesado por la aguja helada, apresado firmemente entre las patas peludas, sus entrañas disueltas por la saliva venenosa, el ángel gemía de placer. Porque oía de nuevo los gemidos amorosos provenientes de la habitación de debajo de mi suelo. Ruego, sufrimiento, satisfacción, desesperanza, disolución en un orgasmo abrumador. La mujer repetía, trastornada, el nombre del que la penetraba: «¡Victor!». Dios mío, ¿fue un sueño o viví realmente las horas que siguieron? Si lo soñé, mi sueño se impregnó de olor a mujer y entumeció mis músculos y mis huesos; si fue real, lo percibí como un campo de conciencia estrangulado, reducido a sensaciones, a colores apagados, a sonidos ahogados. No sé cómo llegué abajo, ante su puerta grande, rojiza, hinchada por culpa de las lluvias y los temporales. No sé quién me abrió, quién me condujo hasta aquella habitación íntima, iluminada por una lámpara colocada en un rincón y cubierta con un retal de seda roja. La mujer estaba tumbada sobre la frazada de la cama, desnuda, el pubis oscuro y el rostro perdido en oleadas de luz roja. A él no consigo recordarlo. Horas y horas, hasta la mañana, la poseímos los dos, envueltos en el olor de su sexo y sus axilas, vacíos de personalidad, de recuerdos, de pensamiento, de voluntad, vaciándonos en ella de la sustancia de nuestro ser. Eso que en la adolescencia parecía una alucinación avasalladora e inalcanzable, eso que entonces era psíquico y fabuloso, sucedía ahora de verdad; la mujer no era, ahora, una entidad obsesiva sino un animalillo excitado, hecho de curvas suaves: hombros, senos, un vientre rellenito, rodillas de muchachuelo, las uñas de los pies pintadas y las nalgas húmedas de sudor. Concreta, predispuesta, deseosa de someterse y de dominar, al igual que nosotros… El alba empezaba ya a diluir en azul la oscuridad de la ventana cuando volví a mi habitación y me dejé caer sobre las mantas. Unos jirones de sueños agrios y afelpados me acompañaron hasta la mañana.

* * *

«…Cuántas noches para una sola mañana». Escribo a mano, por primera vez después de todos estos años en los que me aislaba el martilleo irregular de mi máquina de escribir y, como la carta que mira el que se autohipnotiza, fijaba mi conciencia en la zona precisa de la fabulación. En lugar de una alfombra mecánica trenzo ahora, con la paciencia de un maníaco, una alfombra manual de venas y nervios, cuyo reverso veo únicamente yo, cuyas conexiones retorcidas e imposibles de seguir, cuyos nudos, ganglios y varices son mi propia constitución anatómica. Tú, Victor, mi único lector, mi amigo del otro lado del espejo, ves tan solo el texto, los espacios regulares que conforman un dibujo engañoso. Ignoras que una línea de la primera página comunica a través de mi esófago con una palabra de la página cuarenta y que los nervios craneales cortocircuitan símbolos y alusiones. Como el homúnculo que se estira entre los hemisferios cerebrales, así también estiro yo, bajo la corteza del texto, mi frente arrugada, mi boca abierta de par en par, mi lengua que se extiende a lo largo de veinte páginas, mi cuerpo menudo y ridículo (pero con unas palmas de enormes falanges, como hechas para sostener el arco de piedra de mi relato). Soy todo uno con este texto que se ha adherido a mi cuerpo y que me envenena. Sigo escribiendo, a bolígrafo, ante la ventana desde la que se adivinan las montañas cubiertas de nieve. De vez en cuando se oyen las voces de los carpinteros que reparan una casa junto a la cantina, el sonido limpio de los martillos al golpetear los clavos. Dentro de poco será la hora del almuerzo. Desde hace días mido mi tiempo según el horario de la cantina, como los ancianos en los asilos. Por las mañanas escribo, por las tardes paseo un poco por el boque silencioso, por las noches hojeo algún libro en una soledad sibilante. No sé qué vendrá a continuación, pero sé que no vendrá mi vida habitual en la ciudad, con las peleas cotidianas con Delia y los trayectos cotidianos, en coche, hasta la universidad. Ya no apareceré en los programas literarios de la televisión. Ya no escribiré nada, jamás. La estúpida trilogía sobre Dionisie Rădăuceanu quedará reducida a dos volúmenes y lo único que lamento es haber publicado ya esos dos. (Pero mis relatos eran buenos y eso no me lo puede arrebatar nadie.) ¿Qué más da? Mi neurosis ha avanzado de forma insoportable en estos últimos años y, probablemente, un salto desde la ventana o la inmolación empapado en gasolina —o algo aún más atroz— sea, de todas formas, mi final. Un fracaso aquí, en Cumpătu, sería lo mismo. Sin embargo, quizá sea esta la última oportunidad de sanarme. Encerrado en esta minúscula habitación, arranco este texto de la carne de mi mente como si me extirpara yo solo, ante el espejo, un tumor monstruoso. Siento aquí un trauma antiguo, engañoso, escondido bajo miles de capas de piel, cegador como la perla entre las lenguas de la ostra. Cuanto más me ensaño con él, más me espanta la idea de que no corto un tumor, sino un órgano vital, como si el texto fuera mi verdadera vida y yo mismo, tan solo una ilusión.

La tarde anterior al último día de campamento, los descerebrados de mis compañeros estaban tirados por las camas, fumando y charlando. Titina no hacía más que reírse como una oveja histérica con los chistes de los demás. Măgălie era tan simplón que respondía diez veces cuando le llamaban los listillos, Lulu, Cici o, sobre todo, Bazil, para gastarle otra broma. Contaban obscenidades y bobadas de forma compulsiva, aunque ni siquiera estaban obsesionados por el sexo, lo hacían por puerilidad y por aburrimiento. Solo sabían hacer eso. «Tu madre folla por un bollo», decía uno. «Y la tuya por unas pinzas de tender la ropa», respondía el otro; seguían así hasta que uno de ellos se enfadaba y podía estallar la pelea. Veías cómo, de repente, se congestionaban y temblaban de rabia. Al final se agarraban del pelo y se revolcaban penosamente por los suelos. Se separaban azorados, jadeantes y lacrimosos, y cada uno se jactaba de haber vapuleado al otro. Normalmente, cuando se cansaban de los chistes, pasaban a cuestiones serias que, en su caso, se reducían a un solo tema: la música rock. Eran realmente formidables cuando se trataba de música. Hacían concursos sobre este tema: Buzdugan había escrito ante nuestros ojos los nombres de cuatrocientos grupos. Por el nombre del batería de *Chicago* llegaban a apostar quinientos *lei*, una suma inconcebible para mí. Siempre había alguno tocando una guitarra invisible, haciendo gestos y moviendo la mano derecha sobre el estómago, como si estuviera manipulando la púa. Otro remedaba al batería, aporreando tambores imaginarios e imitando entre dientes el susurro de las escobillas.

Sin embargo, ahora estaban tumbados boca arriba, en diagonal, con el cuello dislocado por las almohadas apoyadas verticalmente contra la pared, y canturreaban con desgana. Siguieron así un rato más, con las camisas por fuera de los pantalones; luego se fueron incorporando, uno a uno, se desperezaron y se lanzaron a buscar ropa decente en sus maletas. No era fácil encontrar entonces desodorante en spray y los pocos disponibles los había utilizado todo el mundo hasta agotarlos. Tras embutirse en sus pantalones acampanados y en las camisas de flores, tras sacar brillo a sus zapatos de «chulo», la mayoría se piró a donde las chicas, en la otra ala de la casona. Yo me quedé con Papa, con Angeru, con Titina y con Gămălie. Más tarde entró también Savin, dijo solamente «¡Hola!» y se tiró sobre la cama para hojear uno de sus libros sobre OVNIS. Recordé de repente el valle verde y florido, transparente por el sol y las mariposas, y los dos cuerpos desnudos en el centro. Pero no podía concentrarme porque me molestaban los imbéciles del dormitorio, que debatían con inesperada pasión la cuestión de si la chica con la que te vayas a casar tiene que ser virgen o no. Su mente supuraba, tenía acné como la piel de la frente y de las mejillas. Con los labios cuarteados por una febrilidad obscena y los ojos turbados, vacunos, albergaban bajo el cráneo la reacción a unas órdenes imperiosas, a unas corrientes de voluntad a las que no podías evitar someterte pero que no eras capaz de entender: no distinguías ni su origen ni su finalidad. En cuanto al objeto de sus preocupaciones, la mujer genérica, infinita, sin rasgos personales, no era otra cosa que una mezcla de vapores venenosos: deseo, miedo, vergüenza, locura, un futuro inconcebible. Todo sucedía en el interior de ellos mismos, nada en el exterior, como si los muslos, los pechos y los labios de las chicas fueran tan solo los signos que liberaban a la mujer de sus entrañas, a la mujer que, aullando como un siamés al que separan a la fuerza de la carne de su hermano, pugnaba por nacer en cada uno de ellos. Estaban tumbados en las camas como mujeres embarazadas, inconscientes como las larvas que se transforman en mariposas; cada uno de ellos procreaba a la mujer interior, hipnotizados por su máscara, por su actitud hierática, por la crueldad de sus ojos. Ella no tenía nada que ver con las mujeres reales, se configuraba a partir de los escombros del fondo de las neuronas que, a esa edad, se clarificaban de arriba hacia abajo, como las ampollas; a partir de las fibras musculares debilitadas por la pasión, a partir de los canales linfáticos, de los plexos nerviosos y de las glándulas endocrinas. Describían con chistes estúpidos unos fabulosos mapas de sus entrañas, verdaderos países subterráneos, iluminados por los soles crepusculares de los ovarios. «Es uno que se va a casar y no sabe cómo averiguar si su mujer es virgen. Mira lo que tienes que hacer —le dice su madre—. Le metes por ahí una moneda de tres *lei*. Si entra, es que no es virgen. En la noche de bodas, el tipo sigue el consejo pero la moneda se desliza y entra hasta el fondo. Él mete la mano para sacarla, luego la muñeca, luego el codo, luego el hombro y al final entra entero. Se pasea por allí hasta que, al cabo de un rato, se encuentra con un general. ¿No habrá visto por casualidad una moneda de tres *lei*?, le pregunta el tipo. ¿Y tú no habrás visto mi regimiento?, pregunta el general...» De hecho, en sus más profundas ensoñaciones, los adolescentes se imaginan siempre reducidos a la esencia de las esencias del secreto sexual: son espermatozoides nadando felices hacia el inmenso astro de gelatina y piel que los atrae por medio de una quimiotaxis mágica, imperiosa, destructora...

Llevaba un rato con la mirada perdida, atento tal vez a la insinuación de la noche en el aire que se teñía de color café. A lo lejos, en la discoteca, habían empezado a probar los micrófonos. «Hola, hola, ¿se oye? Toc, toc. Uno. Uno. Uno, dos, tres, cuatro. ¿Se oye?» Unos instantes después, de repente, arrancó una canción ya comenzada que se detuvo con la misma brusquedad. En los pasillos se oían cada vez más voces y carcajadas. Esto animó a los que se habían quedado en el dormitorio a cambiarse de ropa y a dirigirse a las zonas más candentes del campamento, donde se preparaba el gran baile de clausura. Cuando me quedé solo —como me había quedado cada noche—, permanecí allí una media hora más, hasta que la soledad se espesó y se volvió insoportable. Quizá tendría que vivir veinte años más con ese silbido en los oídos, el aullido de las habitaciones vacías. En casa, cuando ya no soportaba la soledad después de leer durante horas y horas, cuando la vista se me nublaba y la mente se negaba a entender, salía y me paseaba por callejuelas desconocidas bordeadas de edificios viejos, derruidos, con muros amarillentos que brillaban como sodio a la luz del ocaso, con torres de agua que se perfilaban en la oscuridad grana como hongos desmenuzables. Mi desesperanza se volvía tan inmensa mientras me adentraba por las calles vacías, mientras atravesaba aquellos solares espectrales, salpicados aquí y allá con carcasas de cocinas arrojadas sobre montones de basura, que habría querido dejarme caer lentamente en el suelo, al pie de una pared ciega impregnada de alquitrán y ennegrecida por chorretones de orina, acostarme de lado y pudrirme allí, con una sonrisa irónica, deshacerme y volverme tierra, trapos apestosos y huesos amarillos, rotos… Solo los versos que repetía mentalmente me protegían, me insuflaban valor y me hacían soñar con esas horas en que, en otra soledad, bajo el negro sol de la inspiración, pagaría mi billete, rescataría mi vida transformándola en un Libro.

No tenía ningún motivo para cambiarme para la fiesta. Tampoco tenía con qué. Mi ropa era deplorable y, sobre todo, escasa. Tenía únicamente tres camisas y dos de ellas apenas me las ponía. La de color verde, en cambio, tenía las mangas desgastadas por el uso. Tenía un solo par de pantalones y un par de zapatos. Me resultaba una tortura comprar ropa.

A los diecisiete años seguía comprándome la ropa con mi madre; me asqueaba tanto entrar en las tiendas y probarme pantalones en aquellos mugrientos probadores en los que te quedas en calzoncillos, con la camisa revoloteando sobre las caderas, soportando que te pudiera ver cualquiera a través de unas cortinillas demasiado estrechas, que me quedaba con el primer par que me sentara más o menos bien. Mi madre me llevaba solamente a los tugurios lúgubres del barrio de Lipscani que ella conocía de su juventud. En cuanto entrábamos, nos recibían unos bribones barrigudos con batas azules, un lapicero en la oreja y un desprecio que rezumaba, como el sudor, a través de los poros. Apestaba a telas y a excremento de ratón. Escapaba rápido de la cuestión de las compras. En la escuela llevaba un uniforme de ese material casi milagrosamente burdo que se deformaba incluso colgado en el respaldo de la silla; por lo demás, no iba a ninguna parte, solo salía de noche, cuando todo daba igual. No suspiraba por los pantalones acampanados de mis colegas ni tampoco por sus camisas de cuadros porque no creía que podría llegar a conseguirlos, así como me parecía igualmente absurdo pensar que algún día tendría un magnetófono.

Así que me limité tan solo a limpiarme un poco los zapatos. Mientras realizaba esta operación sobre un periódico abierto en un rincón del dormitorio, me divertía salpicando con gotitas de betún negro la cara del Camarada,[II] que saludaba con la mano en una fotografía de la portada. Oí entonces que se acercaban por el pasillo unas carcajadas y gritos desaforados, esos que lanzan los forajidos en las películas del oeste cuando asaltan una diligencia. La puerta se abrió de golpe y, en fila india, entró toda la pandilla como en una escena de cabaret, cantando en mi honor *What's a nice kid like you / Doing in a place like this?* Todos taconeaban y bailaban haciendo girar entre los dedos un trapo perfumado. «Hola, hola, Victorcito, ¡deja de tocarte el pito!», gritaban mientras agitaban delante de mis narices aquellos objetos impregnados en *musk* que no eran sino unas bragas negras de blonda, un sujetador, una minifalda, unas medias, una combinación y cosas así. Resistí unos instantes, maldiciéndolos en mi fuero interno, pero cuando empezaron a acariciarme la cara con aquellas bragas obscenas di un respingo y salí corriendo de la habitación, seguido de las risotadas de todos. «Sois unos sarnosos, unos sarnosos imbéciles» repetía casi en voz alta a lo largo de los pasillos vacíos. Me sentía humillado, me estallaban las sienes, el pecho me ardía y lo notaba viscoso. Solo les pedía una cosa: que me dejaran en paz. Que me dejaran tranquilo en mi locura. ¿Qué culpa tenía yo si estaba loco de una forma diferente a ellos? Me replegaba en mí mismo para ocupar lo menos posible, me fabricaba una guarida donde nadie querría estar, ¿por qué venían a buscarme hasta allí? «¡Dejadme en paz, iros al infierno!», gritaba por los pasillos vacíos y por aquellas estancias heladoras en pleno verano. Me estaba ahogando, así que salí por la puerta principal y descendí las majestuosas escaleras de caracol. Mientras bajaba los escalones, acariciaba con la palma de la mano el espinazo de la balaustrada. ¡Cómo se desmigaba, cómo la devoraba el liquen! Todo estaba podrido en aquella mansión de adobe. Ratas, cucarachas y tijeretas habían excavado millones de galerías y poros en la madera y en el estuco. Los rostros de los querubines estaban devorados por la lepra y el escrofulismo. Las ánforas del fondo de las escaleras estaban tan tristes, tan ajadas, tan mohosas, que no podían contener más que las momias polvorientas de unos cuerpos muertos cientos de años atrás. ¡La mansión de la podredumbre! La corriente de los pasillos solo podía ser el tiempo congelado, el tiempo amarillento de los ocasos invernales. Incluso la pintura de los cuadros de las paredes, que representaban las escenas enigmáticas de algún libro sagrado, estaba agusanada y se transmutaba lentamente en asfalto. Pasé junto a la ninfa del estanque sin mirarla, guiándome por los ruidos que se oían ante mí, en la oscuridad aterciopelada y grana del crepúsculo. Vi desde lejos la sombra, como de brea, de la hoguera del campo de deporte. Sobre la copa de los abetos ardía la luz azulada de las estrellas. Siempre me había gustado contemplar el mapa del cielo, sus países, continentes, islas y dominios estelares. Unos, grandes como ojos, lanzaban lenguas de fuego, otros se esparcían como harina por el azul marino iluminado. Al contemplarlos, sentía en el rostro la caricia de su luz cálida y perfumada como una brisa de primavera, y me gustaba imaginar mi cara transparente, afilada, de color azul pálido como un ojo vuelto hacia el cielo. Mi cabeza se convertía en un ojo azul que miraba el cielo, un ojo del que pendía la trenza negra del cuerpo.

En torno al montón de ramas de abeto, destinado a convertirse en la fogata de la clausura del campamento, se habían reunido ya casi todos los alumnos y profesores; algunos estaban sentados en los bancos de las gradas, pero la mayoría estaba de pie, paseándose y charlando con unos y otros. Dos mesas unidas y cubiertas con una tela roja constituían una pequeña mesa presidencial. Amontonados en ellas se encontraban los tradicionales termos, pantalones de deporte, medallas y diplomas que serían entregados como premios. Todo estaba tenuemente iluminado por unas bombillas de un amarillo sucio, así que las porterías de balonmano de los extremos del campo no se distinguían, se confundían con sus propias sombras. Los críos más pequeños se perseguían, se agarraban del cuello, rodaban por la hierba alrededor del campo de deporte gritando con sus voces estridentes. Las chicas, bien vestidas y repeinadas, se mantenían a un lado, cuchicheando y riendo. Me gustaban tanto aquellas niñas de nueve o diez años, graciosas como trazadas con un pincel, que imitaban las conversaciones «serias» de las señoritas mayores o que, por el contrario, hacían melindres y ceceaban… A veces parecían maduras, cerradas en un enigma que arrojaba ya en sus caritas la sombra triste de la luna, de la mujer y de la fecundidad, pero cuando hablabas con ellas te dabas cuenta inmediatamente de que eran niñas, unas niñas que dibujaban aún princesas de colores en sus cuadernos de matemáticas… Al contemplarlas, odiaba todavía más la calamidad hormonal, el desastre que en veinte años las iba a transformar en hembras corrompidas por la lascivia, en señoras esnobs, en amas de casa desaliñadas, en profesoras rechazadas, en intelectuales masoquistas, en trabajadoras malhabladas, casadas, divorciadas, embarazadas una y otra vez, tragando anticonceptivos, cambiándose los tampones, cambiando pañales, devorando a los hombres, vaciándolos de la materia gris del cerebro. ¿Por qué estaban obligadas a sucumbir? ¿Por qué no podían, siquiera unas pocas, permanecer siempre así, ingenuas, graciosas y serenas? Únicamente su ser conocía este milagro: el cuerpo que se confunde perfectamente con el alma. ¿Por qué, mientras el gusano horrible se transforma en mariposa, las niñas, delicadas mariposas, tenían que transformarse en larvas peludas, procreadoras y codiciosas? El tiempo y el sexo triunfaban siempre, aliados, contra lo físico y lo mental. La núbil desnuda y de cabellos dorados acababa siempre apuñalada por un esqueleto burlón que le clavaba una rodilla huesuda entre los muslos y le mostraba la clepsidra con aire triunfante. La doncella era siempre acuchillada e inseminada por la muerte, por esa muerte taimada, abominable, que es el sexo. «No te preocupes, que también ella acabará en una cama…» Sí, todas acabarían en una cama, en un lecho nupcial que no iba a ser otra cosa que, travestido, su catafalco.

Me paseaba de un grupo a otro con las manos en los bolsillos. Reconocí, en un rincón de los bancos inferiores de las gradas, a nuestras chicas, más acicaladas y peripuestas que de costumbre. Contemplaban todo a través de sus pestañas con aire aburrido. Incluso bajo aquella luz vacilante y pálida se podía adivinar el brillo de los colores de sus párpados, de sus pómulos, el rojo intenso, untuoso, de su barra de labios. En las camisetas, en las camisas y vestidos habían cosido lentejuelas que hacían aguas verdeazuladas o azul índigo y que ardían bruscamente cuando las tocaba un rayo de luz. Se habían pintado las uñas y las que llevaban sandalias se habían pintado incluso las uñas de los pies. Cuando pasé a su lado, fingiendo, como siempre, no fijarme en ellas, penetré en la esfera difusa de un perfume pesado, aceitoso, barato pero también nostálgico, extrañamente dulce. ¿Dónde había sentido yo aquel perfume? Unas cuantas veces consecutivas mi cerebro lo recordó para olvidarlo de nuevo. De repente, cuando ya no contaba con recuperar aquel momento único e irrepetible del pasado, aquel sufrimiento violento y triunfante de la carne, me quedé clavado en mi sitio porque volví a ver, desde lo más profundo de las profundidades de mi infancia, e incluso de más allá, el ventanuco colorado en el que, en plena ventisca, apareció un rostro de arlequín, una niña sonrojada, de ojos oscuros y brillantes, que tenía confetis entre sus cortos cabellos y los labios pintados en forma de corazoncito. Entonces, junto con el vaho que emanaba de la ventana abierta, mi nariz, hundida en una bufanda que me cubría hasta los ojos, percibió un cálido chorro de perfume, perdido en alguna recámara minúscula de mi mente junto a la risa mimada de la niña vestida de paje y junto a un aria tan vaga y evanescente como el perfume. (¡Y —¡diantre, acabo de caer en la cuenta, como si ese recuerdo, arrastrado por una ráfaga de viento, me hubiera golpeado de repente!— esa niña con rasgos de chiquillo melancólico se llamaba Lulu! La había llamado alguien desde el interior del salón de baile rebosante de serpentinas y de confetis multicolores, una voz que hace unos instantes ha resonado en mis oídos inalterada por el paso del tiempo, con la terrible claridad con que, de noche, te oyes a veces llamado por tu nombre: «Lulu, ¿te has vuelto loca? ¡Cierra la ventana y métete dentro!...») La ventana se cerró rápidamente y se cubrió, ante mis ojos, de flores de hielo, la ventisca borró inmediatamente todo rastro de ella. Yo estaba bajo la nieve, con mi abriguito, con la mano en la mano de mi padre, y un tranvía viejo se acercaba lentamente, bamboleándose por su camino solitario, luchando con la nevada. Mi padre era una estatua cubierta por la nieve, embriagadoramente alta.

Me senté en un banco. Esa noche terminaría el infierno de Budila. Al día siguiente mi soledad, en otra época tan temida y, sin embargo, extrañamente sugestiva ahora, volvería a ser total. Sería de nuevo el caminante de los eriales, de las callejuelas olvidadas, de las plazoletas paralizadas bajo el sol y el polvo, subiría de nuevo las escaleras de los bloques viejos, descubriría de nuevo, en barrios desconocidos, extraños conjuntos de estatuas… Volvería a tener la sensación de haber estado allí antes, de que todo tenía un significado simbólico, profundo, que solo a mí me era revelado. Recitaría de nuevo, en voz alta, versos que las paredes de las ruinas, cubiertas de pintura barata, me devolverían a través del aire saturado de escombros relucientes. Volvería a ser *el viudo, el sombrío, el inconsolable príncipe aquitano…*[12] Una alegría melancólica acompañaba esta ensoñación y ni siquiera me di cuenta de que ya habían encendido el fuego del campamento. Me espabilé cuando vi la hoguera de varios metros de altura devorada por unas lenguas crispadas, de un rojo anaranjado, por una llamarada atronadora. Las agujas de los abetos se transformaban en chispas, se elevaban volando por centenares y se perdían en la noche. Las bombillas, que hasta entonces iluminaban trémulamente el campo de deporte, estaban ahora apagadas y el fuego solitario, que rugía bajo las estrellas, era el centro transparente y vivo del universo. Me acerqué también yo con la misma felicidad atávica que veía en los rostros enrojecidos, encendidos, de todos los demás. No podíamos sustraernos al hipnotismo de las llamas. Todos contemplábamos fijamente la arquitectura siempre cambiante de las lenguas de gas inflamado, amarillas unas veces, verde-amarillentas otras, azuladas unas veces y rojas como la sangre otras. Nos sentamos en el suelo acercándonos todo lo posible a las ramas incandescentes, lamidas por el fuego, hasta que ya no podíamos soportar el calor. Los críos bailoteaban como locos, gritando y aullando, intentando atizar el fuego con ramitas. Transformaban en brasas incandescentes la punta de los palitos y corrían por la noche agitándolos rápidamente, haciendo círculos y elipses fluorescentes. ¿En qué caverna había vivido yo antes, en otra época, ese pequeño mundo reunido en torno al fuego mientras el resto del mundo permanecía bajo el dominio helado de las estrellas?

Las guitarras, por supuesto, habían hecho ya acto de presencia y todos cantaban las eternas canciones de campamento, sentimentales y melosas, pero que contienen, sin embargo, algo amargo: la tristeza criolla de los encuentros y las despedidas. Las chicas y los chicos que se enamoraban en un campamento sabían desde el principio que no duraría, que su nombre se guardaría en la cajita de secretos de la mente del otro. Intercambiaban direcciones y teléfonos, pero muy rara vez se pondrían en contacto y, si lo hacían, se daban cuenta rápidamente de que la magia había desaparecido y de que el campamento donde se habían conocido seguiría siendo un mundo redondo como una perla e igualmente irreal. Alguna que otra chica tomaba la guitarra y, con una voz gatuna casi inaudible, con un rostro sensual-triste —cuanto más sensuales los labios, más infeliz la mirada—, arrancaba un hilillo de canto vivido hasta la última nota: «Amor mío, eres mi estrella polar…». Sabía que todo era una estupidez sin sentido, como las palabras de un borracho, pero yo mismo estaba borracho, yo mismo me acunaba y cantaba con ellos. Habría querido abrirme el cráneo y arrancar las capas de mi corteza cerebral, arrojar a la basura, como una placenta babosa, esa sustancia arrugada que explica nuestra infelicidad; liberar a través de un canal la barrera que se interpone entre la vida y nosotros mismos. Querría haber conservado tan solo el cerebro primitivo, derretirme de amor y enrojecer de odio, salivar, jadear, toser, estornudar, hipar, sentir los latidos de mi corazón, filtrar la sangre a través de los riñones y matar los microbios de mi linfa junto con todos los demás, con el grupo, con la panda o con la familia o con el pueblo o con la especie o con el mundo real o con la Divinidad, y no volver a vivir la esquizofrenia de mi pensamiento, ese miserable seudónimo para la soledad.

Estuve unas cuantas horas junto a la inmensa hoguera, que seguía arrojando hacia las estrellas, con una furia insólita, las ramas incandescentes. El fuego mordía las siluetas, las volvía más afiladas y más expresivas, como en las pinturas rupestres. Pequeños grupos se arremolinaban en torno a un profesor o a uno de los alumnos más mayores, que pinchaban trozos de panceta en una ramita afilada y los asaban al fuego, en las brasas que rodeaban la fogata. Yo me sentía casi uno más. El fuego había derretido mi cristal cortical y vagabundeaba ahora, embriagado y expansivo, hermanado en mi imaginación con todo y con todos, a través de la noche abarrotada de grupos susurrantes. Todos habían extendido las chaquetas o los jerséis sobre el asfalto, sobre la hierba o sobre los bancos de las gradas y charlaban con una botella de cerveza en la mano. Los más pequeños, a su vez, sorbían refrescos y se atragantaban. Normalmente, en medio de cada grupo había una guitarra torturada por turnos por unos tipos con aire de vedette. Yo también me senté junto a unos sujetos que cantaban *Yesterday* y yo también tarareé con ellos, a sabiendas de que mi voz, en cualquier caso, no se oía. En la oscuridad, las carcajadas de las chicas eran excitantes y vulgares, y los chicos se revelaban como hombres jóvenes de voz autoritaria. Solo el extremo de un cigarrillo iluminaba por un instante el trazo de una mejilla o unos ojos de cejas depiladas…

Entretanto, habían traído los micrófonos y los altavoces de la discoteca. Como la hoguera se había derrumbado hacia un costado y la llama se había consumido, encendieron de nuevo las bombillas. Unos cuantos tipos empezaron a agitarse alrededor de la mesa cubierta con el trapo rojo. Iba a dar comienzo, entrada ya la noche, el programa «oficial»: los premios, el concurso de «miss», el carnaval y todo lo demás.

Sin soltar las botellas, nos reunimos de nuevo en medio del campo de deporte. Las bombillas arrojaban una luz espectral. Los profesores, viejos y gordos como babuinos, se mantenían alejados, vigilando con mirada hostil a la horda parlanchina. Los chavales se burlaban de ellos, sobre todo de las profesoras, cuyas tetas fingían espachurrar con pasión: «¡Ay, señora Teodorescu, haría cualquier cosa por usted!», decía Bazil contoneándose. De repente arrancó la música y todos gritaron. Como me había sentado en la tercera fila de bancos de las gradas, veía desde arriba la masa movediza de los bailarines, latiendo rítmicamente en la alternancia de sombras y luz. Ese espectáculo de beatitud general, del que yo me sentía excluido, siempre me había puesto histérico, me consumía por dentro. Todos parecían conocer las melodías en cuanto sonaban los primeros acordes. Todos participaban, con el cuello chorreante de sudor, con las rodillas clavadas entre los muslos de las chicas, con los trajes cortados con el mismo patrón, con gestos y guiños y palabras semejantes, en un único universo, en un segundo de esplendor sin un antes ni un después. Cuando ves, por ejemplo, fotos o películas de los años 60, te sorprende esa homogeneidad: todas las mujeres son Monica Vitti, todos los hombres son Mastroianni, todos los coches son el mismo, todos los decorados, desde los picaportes de las puertas hasta los cuadros de las paredes, conforman el mismo decorado. Mundos homogéneos, sin historia, el mundo de la juventud de cada generación. Bailaban. Se divertían. Perdían el tiempo o, más bien, se olvidaban del tiempo, que se concentraba en la pelvis, allí donde ardía el segundo *chakra*, la flor secreta de la sexualidad. Los pétalos, apretados hasta entonces en un capullo apenas brotado, empezaban a abrirse, a romperse, a separarse unos de otros con un voluptuoso sufrimiento. De vez en cuando, la pared de la música se rompía y se anunciaban premios y concursos. El disc-jockey acercaba la boca al micrófono y, pronunciando a la americana, farfullaba algo incomprensible, ahogado inmediatamente por el rock duro que había sustituido la languidez *beatlesiana*. Venían ahora el concurso «Miss Campamento» y el desfile de máscaras de carnaval. Hasta entonces el espectáculo había sido bastante aburrido: unos cuantos guitarristas, un par de recitadores a los que nadie prestó la más mínima atención… Bailaban con frenesí, en grupo o en parejas que se intercambiaban continuamente, fumaban un cigarrillo tras otro, paseaban sin cesar, botella en mano. En mi banco, olvidado por todos, incapaz de soportar una cerveza más, me hundí de nuevo en mí mismo. Tenía que desaparecer, veía con claridad que tenía que huir a algún sitio, escabullirme en un agujero, no cruzarme en su camino y, sin embargo, esa humillación de más allá de las lágrimas y de las palabras chocaba en mí, sorprendentemente, con el orgullo del que se sabe en posesión del mundo verdadero, del que sabe que precisamente la nada, la muerte y la putrefacción, las ruinas y las heces y la mugre, el sufrimiento y las atrocidades son la verdad, que el mundo es un infierno en el que florece el moho precario del paraíso, ilusorio como la pelusa de un diente de león. Por muy miríficos que fueran sus colores, la araña seguía siendo una fiera y su veneno era letal. Sobre todo esto tendría que escribir después en mi mansarda. Aunque fuera feo, *yo* estaba llamado a perdurar, no ellos, de mí y no de ellos se hablaría al cabo de diez años, mi libro y no su belleza daría fe de la esencia de las esencias del mundo. Con las manos en los oídos, con la mirada fija, con los músculos de la cara en tensión, intentaba imaginar mi triunfo al cabo de diez años, el impacto cegador de la aparición de mi libro, encontrado junto a mi cadáver, junto a las nubes, la leyenda creada en torno a aquel que, finalmente, había ganado su vida al entregarla, aquel que había dicho, por fin, Todo. Pero me resultaba imposible llevar esta visión hasta el final. Mi pena era demasiado grande, ellos estaban demasiado cerca y algo de mí los envidiaba demasiado. «Entrégate, alma mía», repetía yo para ocultar en cierto modo aquel amor-odio, «he luchado bastante / la vida ha acabado / no hemos sido cobardes / hemos hecho lo que hemos podido». Incluso estos versos se veían enturbiados por la canción grotesca de un grupo colindante, que el viento arrastraba hasta mí: «Carolina es estudiante / estudiante eminente / pero en el amor suspende / el amor no lo comprende». «Dioses de la muerte / no os he alabado, no os he blasfemado», seguía yo obstinado, pero el estribillo de aquellos tipos resonaba cada vez más fuerte: «Yo no voy con Carolina / yo no voy, yo no voy». Acabé cantando también yo al unísono, en voz baja, separado tan solo por unos metros cúbicos de oscuridad.

Convertida en un montón de brasas en las que se podía adivinar aún la silueta de las ramas —sobre algunas de ellas se había formado una película blanca y suave—, la hoguera seguía irradiando oleadas de calor. El espacio puro entre las estrellas y nosotros era cada vez más profundo, como cuando se aclara un vaso en el que ha corrido agua turbia. La música se interrumpió bruscamente y, en cuanto apagaron las luces, un tipo con aspecto de estudiante universitario empezó a hablar deprisa por el micrófono, en tono asqueado, para anunciar el comienzo del concurso de «miss». Se habían inscrito unas seis candidatas que se presentaron en bañador, entre los silbidos y los aplausos de los presentes. Llevaban zapatos de tacón y su aspecto era algo… raro, artificioso, con una gracia fingida que, sin embargo, les sentaba de maravilla. Las copas de los sujetadores afeaban sus pechos; era difícil, en cambio, apartar los ojos de sus pubis ya abultados, provocadores, de la leve arruga de las braguitas entre los muslos, de las nalgas en cierto modo cándidas, como de niña.

El concurso duró mucho, unas dos horas, porque cada prueba era seguida de música y baile. Al principio les ataron a la cintura una cuchara con la que tenían que empujar por el suelo una bola de papel. Luego las hicieron caminar con garbo desde un punto alejado del campo de deporte mientras un «miembro del jurado», agachado, miraba entre sus piernas gritando «¡Se ve Brăila!» o «¡Se ve hasta Viena!». Después de medirles el pecho con un cucharón y el trasero con una sartén, vino la prueba de seducción. Un tipo, elegido por el público entre carcajadas, estaba sentado, con la mirada perdida, en una silla colocada en medio del estrado, mientras cada una de las candidatas se esforzaba por excitarlo. Se contoneaban ante él, se sentaban en su regazo, le susurraban al oído, le quitaban las gafas e intentaban besarlo, pero el tipo aguantó hasta el final. Por último, les hicieron vestirse con tantas prendas, unas encima de otras, que parecían unas rusas gordinflonas. Luego se desnudaron bailando, hasta quedarse de nuevo en bañador.

Hacía rato que yo reía, cantaba y silbaba con todos los demás. Mi conciencia se había fundido como el azúcar y se había mezclado con la mugre general. Nunca había bebido tanto. Tenía la frente helada y húmeda y sentía en tensión todo el anillo muscular en torno a la boca. Los colores empezaban a rebasar la línea de los objetos y se pasaban de uno a otro. El más mínimo brillo o destello se encendía en mi cerebro como una emoción extraña: un botón, una hebilla y el rímel de un ojo… Ya no conseguía concentrarme. No me di cuenta de cuándo había comenzado el desfile de máscaras de carnaval, me desperté simplemente entre ellas. Uno se había vestido de Elvis Presley, otro de momia (envuelto por completo en papel higiénico), una chica era Miss Piggy (llevaba un hocico rojo de caucho, sujeto con una goma) y otra intentaba mover rápidamente la nariz como la protagonista de *Samantha*. El más exitoso era un tipo —luego oí que se trataba de Bazil— que se había colocado una máscara de látex, una cara de gorila bestial. Había también unos cuantos fantasmas banales, cubiertos con sábanas iluminadas por debajo con linternas, y algunos árabes, simples variaciones a partir de las mismas sábanas. Tampoco faltaba el negro pintado con betún. Bailoteaban todos como demonios al ritmo de una música desenfrenada, de un cierto toque indio. Estaba tan mareado que yo también intenté bailar a mi manera. Me retorcía y giraba devolviendo una sonrisa falsa a todos los que me sonreían. El sonido se transformaba en color y el color en sonido, el tiempo se dilataba y se comprimía, las caras se confundían, sus rasgos se mezclaban. Aunque me encontraba en medio de aquella horda paroxística, me sentía en cierto modo solo, todo estaba alejado y disperso, por ese motivo tenía la sensación de que podía hacer cualquier cosa, como si estuviera en un campo desierto. Empecé a recitar versos a voz en grito porque mi mente era solo una esponja empapada de versos; brotaban de mí sin cesar, vacías de sentido y de voluntad, palabras, palabras y palabras. Desorientado, parpadeaba ante todas aquellas caras de gorila, de miss Piggy, de árabes, de fantasmas, de capitalistas putrefactos, de presos, de momias, de elefantes y unicornios; parpadeaba, estrujado por todas partes, mientras seguía gritando versos absurdos: «Bajemos al precipicio / Que es el bostezo de Dios. / Hundámonos en el lago / De las algas filamentosas…»[13] Los *riffs* de guitarra explotaban como fuegos artificiales, el frío olía a sudor, aquella aglomeración se transformaba en soledad y la soledad en aglomeración. Mi rostro era de madera, los ojos eran dos agujeros por los que el color llegaba directamente al cerebro y se depositaba allí sobre las paredes del cráneo…

Y entonces, Victor, apareció Lulu. Y Lulu, Victor, era mujer. Era puta, perra, guarra, rastrera. Se hizo el silencio y en medio del círculo estaba Lulu: los labios pintados, en forma de corazón, con un dedo de carmín; los ojos, con pestañas artificiales de un negro-alquitrán, parpadeaban «dulcemente» con el rabillo dibujado con un pincel; las mejillas, cubiertas con base de maquillaje; una peluca lujuriante, roja como el fuego y un lunar pegado en la barbilla. ¡Si al menos no se me acelerara el corazón, si pudiera respirar y si el sudor no estallara a través de mis poros como la aguja de una jeringuilla! Porque ahora, mientras escribo, lo veo, la veo, siento su aliento feroz en la cara, veo y siento sus tetas de algodón bajo la blusa de fantasía, llena de bordados y botones redondos como perlas, veo y recuerdo —pero, ¿*tengo* el valor de enfrentarme a todo?— la quimera, ¡mi quimera! Minifalda llamativa, refinada y vulgar, zapatos de tacón alto descachazados por unos pies demasiado anchos. Pose de modelo, con ambas manos apoyadas en una cadera insinuante, una mirada lánguida, una sonrisa indescriptible… todo. Alguien dijo algo, los demás reían, gritaban, aplaudían, yo contemplaba a aquel ser, aquella máscara, aquellos gusanos entre las alas de treinta y cuatro años de envergadura de mi vida. No comprendí de inmediato quién estaba detrás de aquella fachada enloquecedora, de aquel ídolo grotesco, pero sentí bruscamente, en cuanto vi la chispa de su mirada, una alarma en las más profundas y silenciosas capas de mi mente, un baño de sudor como un aura dorada que explotara alrededor de mi cuerpo, una alerta tan total como si hubiera bebido un millón de cafés y como si cada una de las células de mis músculos tuviera cerebro y ojos y fuera capaz de mirar a la muerte cara a cara. Lulu permanecía inmóvil en la noche, entre los zarandeos de los disfrazados, sobredimensionado ante mis ojos como un dios de la abyección. Parecía una mancha de pintura cuajada sobre un lienzo, cuajada y, sin embargo, todavía goteante, babosa como una flema, como el pus de un flemón. Sentía el peligro como una corriente helada que apestaba a *musk* y que emanaba de Lulu en sucesivas oleadas. No me miraba pero yo podía sentir, paralizado como ante una revelación, que me vigilaba. Empezó a bailar lentamente, moviendo las caderas y los rostros de los demás, los bufones y las estrellas de cine y los vampiros y los árabes, se difuminaron como bombillas apagadas.

Giraba lentamente, en trance, con el cuello empapado de sudor, con su morro porcino rosado como un pétalo de amapola, con los bucles estremecidos por la brisa. Se arremangó la minifalda, sobre los muslos gruesos embutidos en medias nacaradas, hasta que por encima de los ligueros aparecieron las bragas de blonda: su horrible sexo, negruzco como un mono-araña, se podía adivinar, a través de los agujeritos. Apareció un tipo que, haciendo una reverencia, lo invitó a bailar. Lulu reclinó la cabeza sobre su pecho y se abrazó a su cuello mientras parpadeaba con las pestañas embadurnadas de rímel; bailaron así una canción entera, en medio del círculo. De vez en cuando, Lulu le susurraba algo al oído o, con la cabeza inclinada hacia atrás, le miraba fijamente a los ojos a aquel tipo tieso y alto, vestido con traje y corbata. Probablemente todo resultaba infinitamente cómico; todos los de alrededor se morían de la risa, pero yo estaba paralizado y no podía relajar las mandíbulas. ¿*Qué* me decía Lulu? Era un jeroglífico, pero ¿qué representaba aquello, sin que ella lo supiera? Era una llave pero, ¿para cuál de las muchas cámaras prohibidas del sótano de mi mente? Aquellos pasillos interminables, cabina junto a cabina, el murmullo del agua en las cañerías, los trasteros llenos de trapos, la sensación de encontrarte a kilómetros bajo tierra, pasillos vacíos con puertas podridas, con candados blandos y obscenos, aquel aire oliváceo... alguna puerta entreabierta y una dactilógrafa verdosa que te contemplaba asombrada, una puerta trancada con una docena de candados tras la que se oían cuchicheos y susurros... Y Lulu, con sus tetas rellenas de algodón o de calcetines sucios, con sus pies peludos embutidos en zapatos de señora, esperándote en cada cruce de pasillos, en cada esquina, como una señal de tráfico o, más bien, como un ídolo pintarrajeado que te indicara el camino, y tú, aunque preso de un miedo animal, seguías esas señales porque no hay otras, sin saber adónde tienes que llegar, sin poder entender que, si Lulu es el guía, en el centro no te espera ni la Beatitud ni el Horror, sino ambos a la vez, ambos a la vez, ambos a la vez...

Poco después, Lulu se perdió entre los demás enmascarados, que formaron de nuevo la misma masa compacta, febril, de bailarines. Apenas entonces conseguí espabilarme algo, me relajé, volví a mi propio cuerpo. Entre golpes y empellones de los que latían al ritmo de una música más histérica que nunca, salí por fin de aquel hervidero. Me encaminé hacia la noche. Me alejé rápidamente del campo de balonmano y de toda su locura a través de un sendero aterciopelado, entre las siluetas de los abetos, negras como el betún, que borraban levemente, de vez en cuando, la bóveda celeste, velando y desvelando el brillo de las estrellas. Poco a poco, me fui espabilando en medio de la noche. Mi querida noche, la noche de *mandalas* de estrellas, de rayuelas de estrellas, de laberintos de estrellas. Me tumbé sobre la hierba y dejé que se posara sobre mi cara, como un pañuelo, el velo de las constelaciones. Me sentía clepsidra: la arena estelar caía por mis pupilas, llenaba lentamente mi cerebro con mitos y fieras fabulosas y con un pálido frío astral. Como un animal perseguido y acorralado, cuando conseguí escapar me olvidé del peligro, respiraba simplemente la respiración enrarecida de las estrellas. Y si la bóveda era el cráneo de Dios y si las estrellas eran las neuronas de su corteza cerebral, yo creía poder distinguir el pensamiento de Dios a partir de las palpitaciones y los cambios de color. Y si una estrella describía de repente una elipse en el cielo antes de apagarse en el aire oscuro, era porque Su pensamiento se había malogrado solo por un instante, suficiente sin embargo para que naciera un monstruo horrendo que cojeaba entre templos con arquitrabes de cristal. Nos mirábamos a los ojos Dios y yo, a cada uno de los lados de la cúpula estrellada, como si estuviéramos a un lado y otro de un espejo. Nos sumergíamos ambos en los ojos del otro, nuestras sustancias se mezclaban, petrificado por la grandeza uno y por la insignificancia el otro, hasta que los dos nos fundimos en una pura, vacía y fresca fascinación.

Cuando me incorporé, habían transcurrido quizá varias horas. La noche era azul, las estrellas tenían los colores más inverosímiles, como si estuvieran envueltas en el papel de estaño crujiente de las chocolatinas. Me levanté sin ningún esfuerzo y me encaminé hacia la alameda. Después de unas cuantas vueltas, llegué al parque de enfrente de la casona. La fuente espejaba la locura estelar al igual que las noches anteriores, pero la estatua había desaparecido. Su pedestal estaba vacío, allí, en medio de las aguas negras, y daba la misma sensación violenta y difícil de definir que sentirías si te miraras al espejo y no vieras a nadie. La mansión, con su cúpula oscura, con sus paredes fosforescentes, con el brillo fantasmal de sus ventanas mudas, parecía más irreal que nunca. Las corrientes nocturnas hacían girar visiblemente el humo que la configuraba. Había tanta soledad, tanta geometría, una soledad tan atroz, que oí un silbido y perdí la conciencia durante unos minutos. Minúsculo, cara a cara con la gigantesca mansión, con la infinita construcción, nos enfrentábamos en silencio. Había dado los primeros pasos por la escalera de caracol cuando, arriba, al final de los escalones, la puerta central se abrió lentamente y una mujer empezó a descender despacio, con una mano apoyada en la balaustrada. Me quedé helado. Era Lulu. Seguí subiendo, sin embargo, con los ojos clavados en la máscara de su rostro: la boca de un rojo fluorescente, los ojos pintados con tinta china y el resto de la cara blanco como la cal, los cabellos fabulosos, extendidos, se rizaban en volutas de cobre. Senos redondos de tamaño grotesco, pero manos musculosas, de palmas cuadradas y fuertes. «¡Oh, Victorcito!» me dijo, antes de llegar al mismo escalón, sonriendo cínicamente de oreja a oreja, «*What's a nice kid like you doing in a place like this?*». Nos detuvimos frente a frente. El monstruo me contemplaba divertido, contoneando sus estrechas caderas. Me tomó del brazo y se volvió hacia la casona. Subimos ambos las escaleras y franqueamos la puerta acristalada. «Ven, quiero enseñarte algo». No podía escapar, no era capaz de oponerme aunque un terror infinito fundía mis tejidos;

sin embargo, sentía que ese pánico no tenía que ver con Lulu sino con otra cosa, con algo más profundo. Buscaba en mi memoria algo sucedido mucho antes, veía fugazmente figuras de niños, lugares velados por la magia. Había allí un núcleo recubierto por miles de estratos, algo que Lulu despertaba en mí pero que yo no conseguía descubrir, que se me escapaba siempre porque cada vez que sentía que me acercaba, me quedaba solo con los detalles, con un desván lleno de trastos inertes. Y Lulu, que me arrastraba ahora bajo bóvedas gigantescas, como las de las catedrales, sobre una superficie infinita de mosaico suave y geométrico, era un detalle, una flecha, una señal. Notaba sus costillas bajo mi codo, avanzábamos los dos envueltos, como dentro de un capullo, en su perfume vulgar; recorríamos habitaciones colosales, heladas, con unas columnas del grosor de diez hombres, con unos extraños frescos en los tímpanos y unos ventanucos ovales a una altura que te cortaba la respiración. Nos detuvimos exactamente bajo el crucero de la bóveda y Lulu se volvió hacia mí. Permanecimos unos cuantos minutos petrificados en aquel aire oliva. Lo miraba, la miraba a los ojos, observando cómo sus pupilas se dilataban y se contraían lentamente. De repente, agarró mi mano y la acercó a sus bragas de blonda; a través de ellas pude sentir por un instante su sexo duro y húmedo. A continuación juntó su horrible boca a la mía. En ese momento eché a correr, con los pelos de punta, invadido por un espanto hasta entonces desconocido y que no he vuelto a sentir jamás. El centro, el centro mismo, miserable y obsceno, de todos los momentos de mi vida… «¡Espera!» me gritó Lulu. «¡Espera, estaba bromeando, Victorcito!» Pero yo corría con todas mis fuerzas, intentando llegar a alguna parte, aunque las baldosas parecían extenderse infinitamente hasta perderse en la oscuridad. Oía por atrás el taconeo de unos zapatos de mujer.

Al cabo de un rato vislumbré, en la penumbra, la entrada de una escalera. Me dirigí hacia ella, entré y me lancé escaleras arriba, a trompicones, golpeándome contra las paredes pintadas de un verde Nilo, que brillaban bajo la luz velada de unas pocas bombillas tuertas. Al igual que unas noches antes, subí los escalones desvencijados, de madera rojiza, de la escalerilla retorcida que llevaba a la cúpula. Cuando llegué a la bóveda oí el crujido de los primeros escalones bajo los pasos de Lulu, que me seguía inexorable. El portón estaba abierto de par en par. Su madera parecía haber permanecido durante miles de años al azote de una lluvia incesante. Avancé de nuevo bajo la inmensa cúpula, sobre el suelo podrido, perdido en la niebla de la telaraña y en el tufo apestoso a orina cristalizada. Entré en el túnel, pisando el fieltro suave que hacía imposible cualquier ruido. Solo el corazón me latía dolosamente en el pecho, en los ojos, en los dedos, en todo el cuerpo. Me perdí en los recovecos del túnel bajo la cúpula de cobre verdoso; volví a ver los péndulos estropeados, los perros momificados, los carritos de bebé con insectos zumbadores atrapados en la densa telaraña. Un cuaderno escolar, con la tinta de las líneas emborronada por el agua, el molde de yeso de una dentadura con un colmillo metálico, una galleta mohosa… El túnel vibraba cada vez más, como el ronroneo de un gato. Ahora ya sabía qué había en el centro. Avanzaba con prudencia, paso a paso, y cuando el camino empezó a elevarse, trepé lentamente hasta el borde del nido, desde donde únicamente se podían vislumbrar las patas delanteras de la araña, de ganchos terroríficos, peludos, pero de colores floridos. Me quedé allí, en el labio del nido, hundido en una capa de telaraña fresca,

blanca como la leche. El animal colosal se agitaba, murmuraba, movía las patas y sacudía la red entera. Todo sucedía
en el silencio más abrumador. Pasaron horas, quizá minutos,
hasta que, en la parte inferior del túnel, lo vi, vi a Lulu. Miraba a su alrededor, desorientado, luego miró hacia arriba y
empezó a trepar. Gritaba algo de vez en cuando; el rímel y el
carmín se le habían extendido por la cara, su peluca estaba
cuajada de telarañas. Había perdido un zapato. Cuando Lulu
alcanzó casi el borde del nido, la araña detuvo bruscamente todo movimiento. La vibración de la telaraña cesó. Lulu
subía lentamente, ayudándose de las manos, metro a metro,
hasta que llegó a mi altura y me sobrepasó. Solo cuando se
asomó a la abertura del nido, vio a la fiera. Entonces se quedó
inmóvil, con los ojos desorbitados, las mejillas contraídas y
la boca abierta en un aullido inaudito e inhumano. La araña
se precipitó hacia delante. Giró rápidamente alrededor de la
mujer-hombre y la envolvió, lo envolvió, con un hilo fino y
pegajoso. Habría querido mirar hacia abajo o hacia cualquier
otro lado, cubrirme la cara con las manos, pero devoraba con
los ojos aquel espectáculo atroz llevado por una perversidad
que acababa de descubrir en mí. Era mi venganza, una satisfacción pálida y horrorizada a la que no habría renunciado
ni aunque hubiera sabido que su precio era la locura. Tenía
que verlo todo para purificarlo todo. Al poco rato, Lulu se
había transformado en una muñeca firmemente empaque-
tada, una muñeca cuya figura expresaba un espanto más allá
de los límites del espanto. Sujeto y manipulado por las garras
del monstruo, aferrado con firmeza, vivo y sensible aún, a
los bordes del nido, contemplado por unos ojos minúsculos,
agrupados de dos en dos y de tres en tres, ojos de zafiro, de esmeralda y de ópalo, él se convirtió en la Víctima, la de siem-

pre, la víctima impotente, sin escapatoria posible, que miraba a los ojos de su verdugo. La araña estudió por un instante a la muñeca de melena pelirroja, se abalanzó de repente sobre ella y hundió los quelíceros en su carne. Se retiró también de repente y se plegó bajo su cefalotórax. Me dio asco, de nuevo, la belleza caleidoscópica, extraterrena, de sus colores. El ala de una mariposa, la pluma de un colibrí o una alucinación de mezcalina no podrían nunca mezclar tantos matices, tantos colores titilantes en continua transformación, encendiéndose y apagándose, trastornando por completo a quien los contemplaba. Lulu, en cambio, presentaba un color ceniciento e inerte. Sus ojos eran ahora de un rojo fosforescente, muertos aunque arrojaban llamaradas. La araña había sacado de la parte inferior de su tórax una aguja larga, curvada, y la había clavado con un ligero crujido en el pecho del martirizado, allí, entre sus miserables y falsos pechos de algodón. Al cabo de un tiempo incalculable, la aguja se retiró, la araña volvió a recoger sus patas y se acurrucó en el fondo del nido. Colgada de un único hilo, la muñeca Lulu giraba levemente empujada por las corrientes de aire y así permanecería, seca, durante bastante tiempo —diecisiete años—, con la melena de alambre sobre los vestigios de maquillaje de su rostro, sobre la máscara de un desgraciado carnaval…

Me desprendí suavemente de la telaraña —que había empezado ya a tomar una cierta consistencia sobre mi ropa— y, con la mirada perdida, con los pelos y el vello de los brazos de punta, me deslicé por el tobogán del túnel principal hasta que llegué de nuevo al suelo ennegrecido y podrido. Miríadas de partículas de polvo flotaban en el aire marrón-rojizo y emanaban olores desagradables. Salí de la gran cúpula a través de la puerta abierta de par en par y, con la cabeza gacha, presa de temblores, descendí lentamente la angosta escalera de caracol. Me vi en los ventanucos redondos: un bebé cuyos ojos ocupaban la mitad de la cara; luego un chaval con flequillo, de rostro ovalado; un chico flacucho, de mirada cohibida y, por fin, un adolescente sombrío, ojeroso, de mejillas chupadas, con una boca sensual que no armonizaba con el resto de la cara. La escalera finalizó, para mi sorpresa, no en el vestíbulo de la mansión, sino en una habitación estrecha y alta, muy alta, con paredes pintadas en el mismo verde Nilo y con un globo en el techo que apenas conseguía enviar unas oleadas de luz sucia. El suelo era de mosaico y no tendría más de tres metros de anchura. Al principio creí que estaba atrapado, porque no veía salida alguna en aquellas paredes uniformes. Tenía que quedarme allí y morir sobre el frío mosaico o bien regresar y enfrentarme a la araña. Sin embargo, al poco rato, mientras permanecía inmóvil en aquel silencio silbante, una gota de color café, casi imperceptible, empezó a clarear en medio de la pared frente a la escalera. Lentamente apareció un rectángulo, poco definido aún, que se transformó en una puerta con un ventanuco mate en la parte superior, con picaporte y bisagras, pintado todo ello en el mismo tono café ceniciento. Curiosamente, la nitidez de la imagen de la pared no se detuvo cuando alcanzó un perfecto realismo, sino que continuó hasta que la puerta adquirió esa presencia alucinante, embriagadora, que ningún objeto real puede tener. Podía distinguir, como si estuvieran aumentados, cada grieta, cada grumo de pintura, cada mancha de óxido en cada uno de los clavos que sujetaban el ventanuco. La puerta se había vuelto cegadora, insoportable, todo el cosmos exterior a ella había desaparecido, incluido mi propio ser. Ya no la veía, nadie la veía, ella *era*, ella se veía a sí misma, una mirada que se convierte en sustancia que se convierte en mirada. Todas las puertas que había abierto alguna vez, todas las que abriría para que aparecieran ante mí otras habitaciones siniestras, otros pasillos sombríos, otros mundos incomprensibles, la primera puerta de la vulva sanguinolenta y la última puerta del sudor de la agonía, la gran puerta de la gran Entrada, buscada siempre y en todas partes, la puerta de cada herida que ha tenido mi cuerpo, la puerta entre las caderas de todas las mujeres a las que he poseído, las vastas y ventosas puertas entre las constelaciones, la puerta de cada espejo, siempre la puerta, ay, cerrada para siempre, del Libro que no escribiré, las siete puertas de mi rostro y las puertas desesperadas que son mis poemas —y, más aún, la puerta que es el universo, nuestro mundo llamado Tránsito, de la nada hacia la nada, la puerta que se incendia de repente por la locura de las galaxias, por la locura de los eones y los pleroames y los ogdodes y los syzygos, la puerta hacia nuestra única vida eterna— giraba allí, en la noche, como un Alef mayor que la noche, como un pensamiento mayor que la mente.

Poco a poco, la visión se difuminó, pero la sensación de desgajamiento brutal, de rapto hacia otra realidad, persistió durante mucho tiempo en los cartílagos y en las articulaciones de mi cuerpo. ¿Sería aquella la Entrada? ¿Había llegado mi momento astral? Bajé el picaporte estrecho y frío, a medio pintar, y abrí.

Sobre la taza de porcelana, tiesa, sobredimensionada, hierática como una reina en su trono, estaba mi hermana. Las estrechas paredes del baño eran insuficientes para la terrible estatua viviente. Un vestido sencillo, blanco, cubría su cuerpo, y en todos los dedos, como unas garras de medio metro de largo, tenía negativos retorcidos, negros-violetas-brillantes, que temblaban sin cesar. Por el suelo, en las baldosas, había unos cuantos negativos ensortijados, ya revelados, en cuyos rectángulos se podían distinguir hombres con rostros negros y pelo blanco, con trajes blancos y manos negras, mujeres con cuellos negros y ojos blancos, haciendo gestos ininteligibles. Aunque estaba sentada, mi hermana era más alta que yo y, cuando se incorporó, le llegaba solo hasta la cadera. Ocupaba toda la estancia. Sus sienes brillaban junto a la cisterna del retrete, de cuyo fondo goteaba eternamente agua. Me lanzó una mirada gélida y clavó en mi pecho el bastón brillante del dedo índice de la mano derecha. La película se encogió por completo, hasta que la punta de su dedo tocó mi pecho a la altura del corazón. Grité como si el bastón hubiera penetrado de verdad en mi pecho. Me di la vuelta y eché a correr por una escalerilla de caracol que había aparecido ahora en un lateral del recibidor. Saltaba varios escalones a la vez, loco de pánico, con un dolor intenso, como el de una herida abierta, en el corazón. «¡Victor, Victor!», oía su voz llamándome desde lo alto de la escalera.

Descendí durante varias horas por esa escalerilla de madera, atornillada monótonamente a las paredes pintadas hasta la mitad de un verde Nilo. Miles, decenas de miles de escalones polvorientos, desgastados, desvencijados. Los globos sucios del techo arrojaban una luz cada vez más tenue, el crepúsculo se volvía de color café oscuro, equívoco. De vez en cuando llegaba a un rellano con puertas numeradas, siempre cerradas, y sillas cubiertas con plástico mugriento alineadas a lo largo de las paredes. Detrás de algunas puertas se oía el rumor de una conversación, detrás de otras un zumbido constante o una risotada indecente. Decenas, cientos de rellanos con las mismas puertas pintadas en blanco y las mismas sillas envueltas en plástico. Cuando conseguí calmarme, cuando la respiración ya no me desgarraba los alvéolos, decidí detenerme en uno de los pasillos. Me senté en una silla como si estuviera esperando en la consulta del dentista, con la mirada clavada en el linóleo amarillento del suelo. Estaba agotado. Aquella noche había acabado conmigo, me había exprimido como un tubo de pintura. «Mi corazón —recitaba mareado— mi corazón lo buscan las arañas.» Me rodeaba una soledad espectral, como si viviera en una fotografía antigua. ¿Dónde me encontraba? ¿Y por qué estaba tan seguro de haber estado ya allí? ¿De haber estado, a esa hora en que la tarde se confunde con la noche, en un corredor vacío, con puertas numeradas, junto a una escalera que descendía en espiral? Embargado por el dulce desmayo del espacio carente de movimiento y de sonido, reconcomiéndome por un recuerdo imposible de localizar, me levanté y bajé el picaporte de la primera puerta. Pero la puerta no se abrió porque —entonces me di cuenta— un candado blando, de carne, obsceno, dotado de vida evidente, un candado con venillas azules y púrpuras, con pliegues en la piel, colgaba sobre el picaporte y sujetaba dos aros de metal. De todas las puertas, hasta el fondo del pasillo, invisible, sumergido en las sombras, colgaban unos candados parecidos de color marrón amarillento. Cuando lo toqué con la punta del dedo, el candado se contrajo lentamente y se reacomodó con unos extraños movimientos. Un odio intenso, loco, se me subió a la cabeza. Ahogado por oleadas de furia y asco, empuñé el candado y lo arranqué de los aros. Una sangre oscura brotó por todas partes, salpicó la puerta de arriba abajo y me empapó las manos. Sentí la satisfacción culpable y asustada que experimentaba en la infancia cuando agarraba los cuernos de un caracol y los arrancaba de su carne perlada. Luego arrojaba el caracol al suelo, contemplaba tembloroso cómo se escurría el líquido baboso a través de la concha reventada y huía sabiendo que iba a ser castigado y esperando una venganza indefinida de un momento a otro. Abrí la puerta.

Era mi madre de joven, con el pelo rizado, con una bata sucia y descosida, que trajinaba en la cocina delante de los fogones. Con la mano izquierda sujetaba el mango ennegrecido de una sartén con aceite humeante, y en la otra tenía un puñado de patatas picadas que goteaban agua. La luz cruda, matinal, procedía de la ventana con una cortinilla ennegrecida por el humo, a través de la cual se veía una pared enmohecida y un trozo de cielo. Mamá arrojó las patatas en el aceite hirviendo y, de repente, una llama gigante, rojo-anaranjada, acompañada de una explosión terrible, se elevó hasta el techo. Cerré la puerta asustado, como hacía cuando era pequeño, para que no me salpicara el aceite hirviendo. Arranqué también el candado de la segunda puerta. Ah, era mi clase, mis compañeros de tercero o de cuarto, alborotados, volviéndose en el pupitre para pedir una goma o un cartabón; estaba la maestra con su verruga en el cuello y Strinu en la pizarra, escribiendo algo en una línea cada vez más ascendente. Los conocía a todos, conocía sobre todo el ambiente que los rodeaba, nevaba en los grandes ventanales y, al contemplar la nieve que caía oblicua, tenías la sensación de que el aula se elevaba en el cielo como un cohete. Tras la tercera puerta había una chica en bragas, tumbada en el sofá de una habitación desconocida, que se arrancaba con la uña un grano de la pantorrilla. (Ahora sé quién era: mi novia, la arquitecta con la que conviví varias semanas hace tres años). La cuarta puerta, una vez abierta, daba a un bosque. Un bosque verdedorado, en el que el aire de después de la lluvia brillaba como el sol. Un bosque por la mañana temprano, cargado de rocío, lleno de mosquitas doradas, que se agitaban por millares en las hojas trasparentes. Una niña venía derecha hacia la puerta por un sendero bordeado de brotes nuevos, de acederas y campanillas.

Me quedé allí varios siglos, explorándolo todo, abriendo todas las puertas y dejándolas así, abiertas, en el eterno infinito. Subiendo, bajando de rellano en rellano, sin encontrarme nunca con nadie, sin encontrar nunca relación alguna entre las escenas extrañas, banales, tristes o divertidas de detrás de las puertas, reconociendo a veces, con un dolor nostálgico, los lugares, las habitaciones o los paisajes… desvelándose otras veces ante mí espacios indescifrables, con galerías, campanarios y fachadas brillantes de piedra que reflejaban las nubes; sonriendo a veces a unos amigos queridos, presintiendo otras veces un amor siniestro o una mutilación sádica. La habitación de un niño, con pinturas de colores tiradas por todas partes y una muñeca de trapo, con la cara pintarrajeada a lápiz, abandonada en el suelo. Un trastero lleno de sacos y de botas abarquilladas, sobre los que estaba acurrucada una chica esquelética. Unas torres fantásticas —vistas desde las almenas por alguien que estuviera volando—, acercaban y alejaban sus ventanas redondas, que ardían al sol, hacia el umbral de la puerta, como suspendido en el vacío. Un valle lleno de flores, con un río de mariposas multicolores que se deslizaban por el aire soleado; en el centro se trasparentaban dos adolescentes desnudos, con las manos entrelazadas, que se miraban a los ojos. La habitación de una buhardilla con un mesa, una silla y una cama, en la que un cadáver descompuesto, momificado, estaba derrumbado con la cabeza sobre la mesa, con el pelo caído, ceniciento, esparcido como pelusa de diente de león sobre el montón de manuscritos del que brotan rayos de luz amarilla. Mis padres haciendo el amor en la miserable habitación de un arrabal. Un bebé, rodeado de sonajeros en su parquecito, tiende la mano hacia el oso de goma que se acerca a él reptando por la sábana.

Algo me impedía franquear las puertas (el espacio detrás de una de ellas estaba ocupado únicamente por un ojo azul que me miraba). A medida que descendía, piso a piso, adentrándome cada vez más en la penumbra, más penosas y opresivas eran las escenas. Gritos desgarrados me alejaban de ciertas zonas. Gemidos de placer bestial me hacían ruborizar. Seguía arrancando al azar aquellos candados blandos, pero me resignaba cada vez con más dificultad a lanzar una ojeada en aquellas estancias hundidas en la abyección. Tras descender otras decenas de rellanos, me encontré en un pasillo como todos los demás, ante una puerta idéntica a cualquier otra pero que *rehusaba ceder* incluso después de arrancar el molusco baboso que servía de candado. Parecía claveteada y, detrás de ella, por mucho que pegara la oreja, no se oía nada más que un débil golpeteo mecánico, monótono, que me heló la sangre en las venas. De repente me di cuenta de que había dado con la habitación prohibida, que estaba a unos pocos centímetros del enigma, de la revelación, de la salvación, y que, sin embargo, quizá no iba a alcanzarlas jamás. Supe que no podría vivir de verdad, liberado del infinito sufrimiento de mi vida, si no conseguía entrar siquiera una vez en la habitación secreta. Aunque hubiera sabido que, al abrir la puerta de golpe, explotarían simultáneamente mi cerebro, mi corazón y mi sexo, aun así habría entrado. Y aquí estoy, desde hace diecisiete años, paralizado ante el umbral, desesperado, con los puños apretados, rogando y amenazando, golpeando la puerta rojiza con los hombros, con la palma de las manos y con la frente, arrodillándome ante ella y arrastrándome encogido, bañado en lágrimas, por el linóleo helado del pasillo. Aquella primera noche en que exploré las profundidades de mi mente me desgajé, con un esfuerzo de voluntad que solo se puede hacer una vez en la vida, de esa puerta mágica... para seguir bajando, pero he vuelto allí, noche tras noche, tras incontables vagabundeos. Me lancé por las escaleras, bajando los escalones a saltos, obligándome a no mirar atrás...

Poco después, el linóleo empezó a deshacerse, el suelo se llenó de agua estancada, en las paredes asomaron unos insectos transparentes, solo patas. Los escalones estaban ahora resbaladizos por culpa de las algas y de las raíces hundidas en el cenagal. Descendí varios siglos hasta que, miles de rellanos más abajo, de forma inesperada, se abrió una caverna de dimensiones gigantescas, con un globo giratorio, parecido al sol, en el centro. Flores carnosas como vulvas, con olor a carroña, atraían insectos reptantes que abarrotaban por millares las corolas pegajosas. Como una inmensa yema de huevo, pero de un púrpura apagado, con la piel atravesada por redes blanquecinas, cambiantes, el sol, situado directamente sobre el fango de la laguna, llenaba casi todo el espacio y esparcía en el aire sulfuroso los rayos ocres del ocaso. Era mayor que todo lo imaginable; era semitransparente y, tembloroso, llenaba aquel subterráneo fantástico. Entre su piel y las paredes, a través de sus rayos apagados, a través de las suaves oleadas púrpuras, volaban monstruos. No eran murciélagos ni mariposas ni pájaros, sino quimeras sin linaje y sin nombre. Hundido en aquella materia purulenta, hasta la cintura al principio y hasta el pecho después, yo avanzaba decidido hacia aquel sol vibrátil como un vientre. A mi hombro se pegaban gotas de rocío del tamaño de la cabeza de un niño. Veía mi rostro, multiplicado hasta la náusea, reflejado en los espejos de sus globos oculares. Una sandalia petrificada emergía por un instante a la superficie arrastrada por mi cuerpo. Un cuaderno escolar lleno de barro flotaba con las hojas salpicadas de porquería. Avanzaba con la cara caldeada por la luz ámbar y púrpura, como si la luz fuera solo un calor suave, confortante. El globo abrumador ocupaba ahora todo el espacio y no podía despegar mis ojos de su piel delicada, sobre la que fluían, se transmutaban, evolucionaban y se apagaban dibujos ininteligibles y, sin embargo, límpidos, como esas páginas que aparecen en los sueños y cuyas letras nítidas te esfuerzas inútilmente por leer.

Luego la luz se volvió gelatinosa. Ungía mi rostro, penetraba en mi boca y en mi nariz. Respiraba la luz y sentía la cavidad entre mis costillas inflamada y ardiente. Miraba mis manos: se habían tornado de un rojo-transparente, como si el hueco de las palmas abrigara una vela. Solo los huesos se entreveían oscuros, como a través de las manitas frágiles del proteo. Avanzaba desesperado porque el globo me parecía cada vez más lejano y más inaccesible. Los gritos de las quimeras, el tufo de las plantas cadavéricas confundían cada vez más mi conciencia. Me encontraba aún a una distancia gigantesca del sol cuando este, de repente, arrojó hacia mí un filamento cegador, un tentáculo en llamas que me rodeó y me absorbió en el oro puro, inmaterial, de sus profundidades. Sí, estaba en el Libro largamente soñado, era el Príncipe-Esperma dispuesto a abrazar a la Princesa-Óvulo en el cielo puro de *Las más bellas historias de amor*, en la boda total, en la verdad última y cegadora. La lava divina quemó en un instante mis ropas y mis cabellos, la piel y las articulaciones, las venas y los huesos, los intestinos y sus heces, mi vesícula y su bilis, el cerebro y su locura, los testículos y su futuro, la tráquea y la laringe y los jugos y los mucílagos y los ganglios. Fundió mis dientes, mis globos oculares y las cavidades de mi oído interno. Destruyó las líneas de la vida de la palma de mi mano, me designó, me anuló, me robó, me elevó, me eligió. Y me devolvió a lo que siempre había sido, a lo que no había dejado de ser, a lo que iba a ser por los siglos de los siglos, por un ión de iones: *melena dorada hasta la cintura, senos redondos de mujer sobre un pecho musculoso, anchas caderas que abrigan entre sus curvas el sexo viril... y una rosa entre los dedos, con pétalos de luz de oro.* Crecía en aquel oro enrarecido como una estatua luminosa, crecía tan rápido que hice añicos la caverna, la escalera de caracol y los interminables rellanos, la tierra y los cielos, hasta que en todo el cosmos solo permanecíamos la noche y yo, arcontes de la eternidad. El globo púrpura había migrado a mi cuerpo a través de la columna y con sus pétalos de fuego había encendido los seis *chakra*; ahora irradiaba por encima de mi coronilla como la diadema de Alguien-más-que-Divino. Flotaba de espaldas en un espacio más pequeño que yo, con los párpados cerrados, sonriente. Así había sido, así sería. Cada punto de mi cuerpo era un Dios todopoderoso, cada centella de mis cabellos, un conglomerado de mundos. Levitaba suavemente en el espacio límpido, despojado del velo de la ilusión, en el Reino del que todos venimos, fundiéndome en una pura, vacía y fresca fascinación...

Me levanté de la hierba y, espabilado por el frío, con la espalda agarrotada y húmeda, tomé el camino de la alameda arrastrando los pies... El cielo había empezado a clarear por el levante, pero las estrellas seguían brillando audaces en toda la bóveda celeste. Las luces de la visión palpitaban todavía en las paredes de mi cráneo. Entré en el parquecillo, pasé junto a la estatua de la ninfa púdica del centro del estanque y subí los escalones de la casona. Abrí lentamente la puerta del dormitorio. En una luz verdosa (por la ventana se veía una bombilla encendida en lo alto de un poste) mis colegas dormían, muchos de ellos vestidos, respirando pesadamente. El aire era sofocante. Olía a cerveza y a calcetines sucios. Me acosté tras despojarme únicamente de los zapatos, me cubrí la cabeza con la manta y me quedé dormido al instante, sin soñar, como no había conseguido dormir ninguna de las noches de Budila.

¡Dios mío, qué cerca estoy de la Quimera! La siento a mi lado, pegada a mí, *en* mí, casi puedo distinguirla ahora, aunque no puedo tocarla aún, o la toco sin poder decir qué es; parezco un apráxico en cuya mano colocan algo y él titubea, tiene todos los datos sensoriales, tiene en la punta de la lengua el nombre del maldito objeto, pero no puede reconocerlo ni nombrarlo. Ayer pasé prácticamente todo el día escribiendo, sin interrupción, sin ir a almorzar, ni beber agua ni echar siquiera un vistazo por la ventana. Cuando, esta noche, he apagado la luz y me he acurrucado en la cama con la espalda entumecida, veía bajo mis párpados, luminosas, cientos, miles de páginas como de cristal, cubiertas por los bucles de una escritura indescifrable… ¡Estoy tan increíblemente cerca! Solo la delgada lámina de una puerta me separa de mí mismo o, tal vez, ¿de algo más monstruoso? ¿De algo grotesco, triste? ¿O acaso exultante, como una droga inyectada en vena? Ya puedo sentir eso que no entiendo aún, quizá se deba a una intuición sobrenatural, así como es sobrenatural la existencia simultánea de todo en los intrincados círculos de un *mandala*. Con cada línea que escribo, arranco un estrato de la puerta, que se vuelve cada vez más fina. Ya no distingo el miedo de la alegría. Sigo avanzando sin pausas para meditar, hasta el final, sea el que sea, lleve adonde lleve, al horror o a la beatitud. Pero que sea, por fin, *la verdad*...

Al día siguiente nos levantaron muy temprano y nos sacaron afuera para espabilarnos. Corríamos en aquella mañana alegre y helada, todavía un poco atontados, pero agradecidos al sol ligero, cegador, que aparecía entre el follaje. Lulu era de nuevo el mismo chiflado de la cancha de baloncesto, ridículamente pequeño, de hombros demasiado anchos, que corría junto a Fil y la hacía reír. En cuanto abrí los ojos, busqué su mirada con desesperación. Cuando lo distinguí, volví a encontrarme mal; sin embargo, me sentía emocionalmente mucho más distante, como si estuviera bajo la influencia de uno de esos analgésicos que desnudan el dolor de su aura psíquica y lo hacen soportable como un dolor ajeno. Había dormido tal y como había vuelto del carnaval, vestido de mujer, boca abajo y con las piernas arqueadas como una prostituta. Había embadurnado la almohada de carmín y maquillaje. Cuando nos despertamos, Cici se abalanzó sobre él con un gruñido triunfal, moviendo el trasero con una pasión grotesca: «¡Ay, darling, qué *buena* estás!». «¡Que vengan las negras y que empiece el desmadre!», gritaba también Titina mientras Papa y Angeru volvían a su obsesivo dueto: «*Arriba, trabajadores, / en el camino de la victoria final*», cuyo estribillo, tarareado viciosamente por todos los del dormitorio, sonaba como una respuesta en falsete, ni siquiera polémica, más bien indiferente y burlona, al océano de propaganda en que vivíamos pero que no conseguía empaparnos: *Nal, nal, todo es anal…*

Bebimos por última vez aquel té de caramelo y empezamos a hacer las maletas. Las amontonamos en el patio y, reunidos en grupos, nos dispusimos a esperar a los autocares. Todos estaban contentos y, al mismo tiempo, ligeramente nostálgicos, los propios equipajes, colocados junto a ellos, los transformaban, les conferían una extraña gravedad. Flotaba sobre todos la luz triste del final de un mundo. Me acerqué a Savin, que iba de la mano de Clara, pero no se fijaron en mí, como si fuera invisible. Él le decía algo, algún hinduismo de los suyos: *santana…* el reflejo del rayo en el rocío matinal… Estaba ligeramente encorvado ya que era mucho más alto que ella. Clara lo miraba tranquila, con sus ojos brillantes y formales que reflejaban el rostro del muchacho sobre un fondo de nubes arremolinadas. Su relación, comenzada aquí, en Budila —o, más bien allí, en el valle cuajado de flores— estaba llamada a perdurar, algo que sucede en pocas parejas de estudiantes. Los volví a ver hace unos años cuando, en primavera, una extraña inquietud me llevaba a dar largos paseos por los barrios donde había pasado los primeros años de mi vida. En la casita de Floreasca viví hasta los cuatro años, antes de trasladarnos al bloque de Ștefan cel Mare. En cuanto me adentraba en la calle dedicada a un músico, penetraba en el fondo de mi propia mente. El paisaje se cargaba de emoción, una emoción que se tornaba abrumadora cuando me acercaba a aquella villa amarillenta. Franqueaba la puerta corredera, con su ventana ardiente, y me despertaba en medio de un sueño. Conocía aquel vestíbulo amplio, pintado de verde oscuro, conocía el olor a pintura de aquella puerta por la que tantas veces había entrado y salido; la escalera melancólica, de caracol, que llevaba al primer piso, parecía esculpida con la sustancia gris de mi cerebro. Un desmayo, una fascinación dulce y triste me asaltaba allí, en el porche oscuro (que, sin embargo, irradiaba la luz mágica de unos recuerdos más antiguos que la memoria), ante mi antigua casa, ante mi vida pasada. Me veía, en fogonazos como navajas clavadas en la carne, jugando con canicas de cristal sobre el mosaico del suelo, saltando con torpeza los casilleros torcidos de la rayuela, limpiándome las manos manchadas de tiza de colores sobre el tejido áspero del vestidito... mirando, a la luz de la ventana, las ilustraciones de un libro de dragones... Sin embargo, no podía recordar nada del apartamento, no sabía cómo estaban orientadas las habitaciones ni qué muebles tenían mis padres entonces, aunque algunos fragmentos nebulosos, que mezclaban años y casas, se me aparecían a veces en sueños. Cuando salía de aquel porche silbante, disgustado porque tampoco aquella vez había reunido el valor de llamar a la puerta de los nuevos inquilinos y de pedirles que me dejaran ver el apartamento, el sol me cegaba y tenía que entornar las pestañas, atravesadas entonces por el arco iris... A través de aquellas franjas multicolores volví a ver, hace unos años, a Savin y Clara. Caminaban juntos, de la mano, a través de la luz incendiaria que refractaban los parabrisas de los coches aparcados al borde de la carretera. Nos detuvimos en la acera e intercambiamos unas palabras. Iban al tenis, al club Estudiantil. Habían dejado a los niños (tenían dos chicos) en el parque al cuidado de la madre de Clara. Vivían tranquilos, trabajaban los dos, por las tardes jugaban con los niños, salían a pasear, iban al cine... Habían oído que yo había publicado algunos libros, pero… «Ya sabes, no nos queda mucho tiempo para leer…». Por supuesto, si nos volvemos a ver les traeré un libro… Intercambiamos los números de teléfono. Como de costumbre, dicté el mío cambiándole una cifra.

Mientras se alejaban, abrazados por la cintura, con las mochilas a la espalda, me pregunté de repente dónde había abandonado Savin, ahora ingeniero químico en *Quadrat*, toda su locura. ¿Qué había hecho con su enorme coeficiente intelectual? ¿En qué estrato esponjoso de su mente —disuelta ahora probablemente por la alegría de la vida como si fuera un veneno pérfido— se había reabsorbido su gran sueño de huir? Sus ojos, que eran ahora serenos como los de Clara, como los de un amnésico, me hicieron recordar eso que yo había rumiado durante tantos años: que no existe mayor suplicio ni infierno más profundo que la felicidad. Que, al penetrar a la mujer que amas, pierdes de hecho la Gran Penetración. Que la vulva no es la verdadera entrada y que la vagina no es el verdadero túnel. Savin y Clara, perdidos el uno en el otro como en la sala de espejos de una feria de segunda, educaban a sus hijos, perpetuaban la ilusión, perdían la liberación en cada instante de su vida sacrificando al sexo lo que solo correspondía a la mente. Pocos sabían que existe la verdadera Salida y que es ella la que elige a su amante, reconociéndolo, tal vez, a través de una señal segura: la monstruosidad. Él debe ignorar los falsos túneles del amor sexual y debe volver hacia sí mismo, ser hombre y mujer al mismo tiempo y hacer el amor consigo mismo en la soledad animal de su palacio cerebral. Ahí, en el centro del cerebro, donde había estado en la visión de aquella noche, estaba el sexo verdadero, el corazón de la rosa de pétalos laberínticos. Ahí se encuentra la Salida hacia otro mundo, como si todos los cerebros de todos los hombres fueran islas que atraviesan el rostro constelado del universo y alzan sus cumbres hacia cielos inimaginables. Los que *habían estado allí* quedaban estigmatizados para siempre. La infelicidad sería el eterno brillante entre sus cejas. Solos e ignorados, cartografiarían el mapa del imperio en inmensos, dementes, ilegibles Libros de hojas de oro. Su carroña llena de gusanos sería encontrada derrumbada sobre los manuscritos alucinantes, en unas buhardillas ruinosas, donde nadie habría imaginado que podía vivir un hombre...

Quizá fuera esto lo que también pensaba entonces, el día de la partida del campamento, al mirar a aquellos dos con una sonrisa que, de nuevo, no me salía tan despectiva como habría querido yo. O, tal vez, destrozado aún por la revelación de la noche anterior, sintiendo aún el vértigo del terrible hundimiento al que siguió una fantástica exaltación, solo podía contemplar el vacío, sin pensamientos y sin deseos. Habría sido difícil, en cualquier caso, que me uniera a ellos, porque desde hacía un rato aquellos imbéciles habían empezado con su programa de gritos y canciones: «Un saludo desde Troya: ¡Y una polla! / Un saludo del Cantemir: ¡a parir!». Cuando el autocar franqueó la puerta del campamento, en medio de una nube de polvo, nos abalanzamos sobre los equipajes y los arrastramos hasta las puertas abiertas, que dejaron escapar una vaharada de plástico caliente. Subimos a empellones, todo el mundo ocupaba varios asientos y llamaba a sus amigos riendo y gritando... Las chicas ponían los ojos en blanco, se abanicaban el pecho y se despegaban la camisa del cuerpo sudado, fingiendo desmayarse por el calor. Las guitarras se desvistieron de su fundas de color caqui, llenas de pegatinas e inscripciones (*Make love not war*), sus caderas de caoba eran como las de una mujer madura y dulce, sentada en el regazo de los que cantaban. En los asientos delanteros, los profesores se inclinaban unos sobre otros, mordisqueando las patillas de las gafas mientras contaban a los alumnos. El campamento, con su universo abigarrado y enigmático, había pasado por ellos sin dejar huella alguna en su mente de adultos: a cada año que pasaba, se añadía un nuevo estrato de cal en el interior de su cerebro, se volvían más desanimados y más tristes, era como si una prótesis, semejante a las dentaduras postizas que tenían en la boca, hubiera sustituido sus emociones cariadas y sus ideas de nervios esclerosados, la periodontitis de su absurda existencia.

Fui uno de los últimos en subir al autocar y solo cuando me senté me di cuenta de que había dejado en la mesilla de noche *La metamorfosis*. Si me hubiera sentado en la parte trasera no habría conseguido bajar porque el pasillo estaba ocupado por maletas y bolsas apiladas unas sobre otras. Le rogué al conductor que esperara y eché a correr hacia la casona. Vacío y abandonado por completo, como una concha inmensa en una playa desierta, como un cráneo del que el pensamiento y la locura se hubieran volatilizado largo tiempo atrás, el edificio retumbaba de forma subliminal, amenazante, como retumban en la infancia los lugares extraños que te ves obligado a atravesar. El dormitorio, con las camas desprovistas de sábanas y mantas, con periódicos y bolas de papel de embalar tirados por el suelo, era de una tristeza insoportable. Mi libro estaba en el suelo, pisoteado, con las páginas dobladas y sucias. Lo cogí y me senté, con él entre las manos, en el miserable colchón de rayas de mi cama. Permanecí unos instantes con la mirada perdida y, de repente, el sufrimiento, el sufrimiento sin límites de mi vida reventó como un absceso y me eché a llorar desconsoladamente, con el libro abierto pegado a mis mejillas, humedeciéndolo con mis lágrimas y mi saliva, desesperado como no volvería a estar en toda mi vida, como solo puedes estarlo en la atroz adolescencia. Me tumbé en la cama y seguí llorando, durante varios minutos, sin pensar en nada, hasta que aquel sufrimiento incomprensible se calmó. Fui al baño y me lavé la cara embadurnada de polvo y lágrimas.

Subí de nuevo al autobús y, mientras contemplaba por la ventanilla el paisaje banal, campestre, sus campos y colinas sombrías, las vacas que algún niño arrastraba a través de la manzanilla del borde de las cunetas, escuché el repertorio completo de canciones y gritos. La mansión, la estatua y el parque habían quedado atrás, vacíos como una trampa ensangrentada.

Durante varias horas no hice otra cosa que mirar por la ventana, ni una sola vez volví la cabeza hacia mis compañeros, que canturreaban exultantes. En algún punto de la parte de atrás resonaba incansable la voz rota de Lulu, tan entusiasta que materializaba en mis retinas su imagen, sobrepuesta a la sucesión de pueblos y campos de trigo. Su risita descarada y escabrosa, sus ojos de pájaro, su pelo increíblemente negro peinado sobre la frente, como una mujer, volverían una y otra vez a mi memoria a lo largo de los años, como un cordón umbilical que me atara a aquel Victor largo tiempo atrás podrido en mí, pero que me contemplaba siempre desde el aire puro del espejo. De *ti*, Victor, mi único amigo, el único para el que escribo estas páginas extrañas, garabateando las páginas blancas como si impregnara en sangre y pus la gasa que venda una herida. Tú ya sabes cómo ha sido mi vida desde entonces. Un año de servicio militar, luego la universidad, el libro de relatos y el éxito que me trastornó por completo, después las novelas, el apartamento en el centro, el Peugeot... Delia, entre otras cosas. Todas las ocurrencias de la edad genial perdidas en algún rincón de la espesura del tiempo, pero no una muerte como la de Savin. Porque aún está Lulu. La náusea y el vértigo que me han arrastrado de clínica en clínica. Mi neurosis refractaria al psicoanálisis, los psicotrópicos, el sexo, la bebida. Refractaria, me temo, incluso a esta última solución, al ajustado vendaje de este texto, de esta textura, de esta tela rara y complicada como una gasa o como una telaraña...

Cuando me enteré, apenas un año después del encuentro de Budila, de que Lulu había muerto atropellado por un tranvía en la zona de la calle Rahova, me quedé paralizado con la cucharilla camino de la boca y miré a Michi aturdido. Nos habíamos encontrado por casualidad bajo la cálida luz de primavera, en Ştefan cel Mare, y habíamos entrado en la cafetería *Garofiţa*. Me sentía un poco cohibido por mi corte de pelo militar —había venido con un permiso de tres días— pero también me había alegrado de volver a ver a mi antigua compañera, que siempre me había gustado y que, por lo demás, iba a convertirse en mi primera esposa al cabo de unos meses. Una tontería —el hecho de que era un poco más alta que yo— acabó por separarnos. Pero en la brisa de aquel día de abril devoraba con los ojos sus labios pintados y los senos que abombaban su camiseta elástica. Comíamos pasteles en la terraza florida y hablábamos, por supuesto, de nuestros antiguos compañeros de liceo: qué tal está el Muerto, dónde anda Cici, con quién sale Calceola Sandalina... Todos los chicos cumplían el servicio militar, las chicas empollaban para el examen de ingreso... Y, de repente, el rostro dulce de

Michi, con su nariz de ratoncillo, milagrosamente feminizado desde que lo viera por última vez, se tornó serio (no *muy* serio, sin embargo: adoptó esa expresión complaciente con la que hablas de la muerte de un conocido que no te era demasiado cercano) y me dijo como de pasada, como si quisiera estropear el encanto de aquella sobremesa soleada, que Lulu había muerto. Entonces, en aquella terraza rodeada de flores, ante la mirada asombrada de Michi, de la mujer que atendía las mesas y de unos niños que contaban monedas, sufrí la primera de las «crisis» que han dividido mi vida en «periodos con Lulu» y «periodos sin Lulu»: el cielo se derrumbó sobre mí, la vergüenza, la culpa y un disgusto sin límites mezclados indistintamente, sollozos incontenibles y, finalmente, una huida errática. Durante unos cuantos días no dormí ni comí nada, yací en la cama rumiando, en miles de visiones y de recuerdos obsesivos, los dos guiones de la muerte de Lulu, sin poder discernir cuál era el real y cuál era tan solo una alucinación: Lulu transformado en mujer trepando por el túnel de la telaraña, paralizado ante la visión del gigantesco monstruo, martirizado y sorbido para colgar después, como una cáscara seca, como una muñeca ahorcada, de un hilo brillante que giraba siguiendo las corrientes de las profundidades de mi mente; y Lulu, un chaval alegre, en camisa de manga corta, que viaja en la escalerilla del tranvía aunque el tranvía estuviera prácticamente vacío, que se golpea contra el poste de la parada y cae bajo las ruedas de hierro… Durante semanas enteras —me contó Michi más adelante— se acercaron hasta el lugar del accidente un hombre y una mujer, vestidos de negro, para colocar en las vías una vela encendida…

Una bruma rosada, de atardecer apenas esbozado, había empezado a colorear el aire cuando nos adentramos en

Bucarest a través de una periferia sórdida. Una estación de autobuses, una gasolinera… El hormigueo de los transeúntes entre los bloques feos, idénticos, las calles llenas de baches… Los autobuses se detenían cada vez con más frecuencia en los cruces. «Y anoche cinco tías / me arrastraron a una chabola…» gritaba yo con todos los demás, en el aire cada vez más pesado del autocar. Pero, gracias a Dios, todo había acabado. Enfilamos por Dimitrov, luego por Viitor y nos detuvimos en el patio del colegio, de donde habíamos partido una semana antes. No me despedí de nadie. Fui para casa solo, por aquel ocre sagrado, tirando de mi maleta con dificultad. Por el camino, una imagen me golpeó y quedó profundamente grabada en mi mente: era un callejón con unas casas viejas, ruinosas. Los cristales del primer piso estaban rotos, los contraventanas azules pendían, podridas, de una bisagra; a través del hueco de las ventanas se veían unas paredes pintadas con vulgaridad y los espacios pálidos que habían ocupado los cuadros. Al fondo, otra ruina rodeada de una verja de hierro forjado negro como la pez y, elevándose por encima de la verja, un álamo esbelto y delicado que subía al cielo como una llamarada. Un perro canelo levitaba junto al muro derruido. Al contemplar esa imagen, el negro intenso recortado sobre el dorado atardecer —una imagen que ya había visto antes— me invadió el mismo sufrimiento de entonces. «¿Por qué un ángel? Vino la noche», recitaba entre lágrimas. «Las hojas crujían en los árboles / los apóstoles gemían a través del sueño. / ¿Por qué un ángel? Vino la noche / y la noche no tenía nada especial…» Llegué a casa, llamé a la puerta del apartamento y mis padres (unos extraños) me abrieron y me abrazaron. Dejé la maleta en el recibidor, les conté distraído «qué tal el campamento»…

En la televisión había un programa absurdo, ya no recuerdo qué. Me di un baño y lloré todo el tiempo en aquella agua azulada y caliente…

¡Han estallado de repente mi cerebro, mi alma y mi sexo! ¡Estoy hecho añicos! ¡Incluso los añicos están reducidos a añicos! Dios mío, no puedo respirar, porque mi laringe está desmenuzada anillo a anillo y cartílago a cartílago. Las costillas han perforado la piel del tórax y mi cráneo se ha desmontado en parietales, etmoides, esfenoides y occipucio, tirados por el suelo como si fueran fragmentos de porcelana. Los riñones brillan entre lenguas de carne y tormentas de pellejo. ¡Soy solo harapos, estoy reducido a jirones!

He estado donde *nadie* ha estado jamás. He recordado lo que *nadie* recuerda. ¡Lo sospechaba, siempre lo había sospechado! ¡Ahora, cuando el velo de mi obsesión se ha desprendido de mi rostro, sé que nunca he tenido una hermana, ahora recuerdo la suavidad de las coletas que encontré en la cómoda, atadas con una goma amarilla! ¡He estado allí, he estado allí! Me he visto como me veía entonces (en otra vida, en una habitación extraña, sin ángulos rectos, llena de un humo amarillento) en el espejo de azogue carcomido. ¡He abierto por fin la última puerta!

Mi sangre debe de haberse mezclado con remolinos de aire y debe de haberse cargado de islas de cuajo. Envejecido por filones de linfa, saliva, bilis y esperma, mi sistema arterial ha reventado como los viejos conductos de gas y, sin embargo, tengo que dominar los locos latidos de mi corazón, las dilataciones y contracciones de mi cerebro, que bombean adrenalina, tengo que permanecer lúcido hasta el final. Hay que mirar al drama cara a cara, aunque sea solo por un instante. Luego la hemorragia puede irrumpir en los subterráneos de la mente, puede rebosar por las encías y la nariz y caer sobre estas hojas, empaparlas y transformarse en el quinto humor, el jugo azul de la tinta. Me encontrarán como siempre he querido: putrefacto desde tiempo atrás, con la cabeza derrumbada sobre mi manuscrito, pegado a él, uno con él… Él, carne de mi carne; yo, texto de su texto…

Sucedió anoche, una semana después de tantear entre tinieblas. Las mañanas, por la materia siniestra de mi escritura; las noches, por el silencio oscuro del inmenso hall, en cuyas ventanas ha nevado todo el tiempo, levemente, como en el interior de un globo de celuloide. Llevaba dos noches sin oír ningún ruido debajo del suelo, aunque a veces me tumbaba sobre los tablones fríos y pegaba la oreja a la madera sucia. El recuerdo del cuerpo de la mujer acariciada, abrazada, fecundada y golpeada en aquella noche incierta me volvía loco de excitación. Ayer por la noche no pude soportarlo más y salí de mi habitación en jersey y zapatillas. Bajé los escalones tiritando entre montones de nieve. Los cantos rodados de las paredes despedían frío y soledad. Había caído la noche. Muy lejos, en la cresta de una colina, se veían las ventanas encendidas de una casa. No había ninguna otra luz. Me encontraba de nuevo, tembloroso y cubierto de nieve, ante la puerta rojiza, hinchada por la humedad. Un candado grande, oxidado, que no había visto antes, colgaba de la puerta y sujetaba unos aros flojos. Pegué la oreja a la madera mojada. Sobre la pintura descascarillada y ennegrecida revoloteaban copillos de nieve.

Al principio no oí nada, ni siquiera el silencio, como si el espacio interior estuviera lleno, compacto. Poco a poco, sin embargo, como si fueran mensajes terribles llegados de un mundo hundido, como el gruñido ahogado de un animal terrorífico, distinguí, estremecido por el cumplimiento de una profecía, con carne de gallina, un traqueteo monótono, como el de un viejo proyector… Entonces, como arrastrado por una crisis de histeria, me abalancé sobre la puerta. Me hice sangrar los puños, me rompí los hombros, grité de impotencia hasta que dejé de oír mi voz. Estaba totalmente vacío por dentro, como si hubiera sabido que al otro lado de la madera que temblaba a cada golpe, alguien querido sufría unas torturas inimaginables. No sé durante cuánto tiempo golpeé aquella puerta sombría, pero el candado acabó por ceder de forma inesperada, se rompieron los anillos, y pude mirar en el interior a través de la puerta abierta de par en par.

Franqueé el umbral despacio, envuelto de repente por una luz sepia amarillenta, titilante, como dentro de un humo irreal. En las sacudidas y los crujidos de la vieja película que se desenrollaba de la bobina reconocí la habitación de mi infancia, la pintura humilde de sus paredes, el papel pintado —unas palmeras que llegaban hasta el techo—, los bucles de película tirados por la alfombra entre las piezas geométricas de un juego de construcción. Muy despacio, deshecho por la emoción, me acerqué a la niña que jugaba con una muñeca de trapo cuyos rasgos estaban dibujados con un bolígrafo, con trazos temblorosos, por el círculo de tela de su cara. Cuando me encontré frente a ella, levantó de repente la mirada hacia mí. Dios mío, ¿cómo no iba a reconocerla? ¿Cómo he podido divagar tanto tiempo? Porque *aquellos ojos* negros y serenos, de pestañas delicadas, *eran mis ojos*, tal y como los había visto tantas veces en el espejo, en mi infancia temprana, y que después había olvidado durante mucho tiempo. Aquel ser de trenzas torpemente peinadas, con un vestido que tenía un dibujo en el pecho, me daba cuenta ahora, *era yo*. Ahora recordaba (pero, ¿se llama recuerdo a ese desmayo, a ese derretimiento en el tormento de la nostalgia?) las fotos antiguas que había encontrado dos años antes, el extraño capricho de mi madre de vestirme hasta los cuatro años como si fuera una niña, sus titubeos posteriores al hablarme de mis primeros años, cuando vivíamos en una calle con nombre de músico de la zona de Floreasca… Ahora sabía por qué recordaba tan a menudo aquella mañana húmeda, de inmensos cielos rojizos, cuando, aferrado a la mano de mi madre, nos dirigimos hacia el globo púrpura del sol, a través de una zona desconocida de la ciudad, con muros antiguos y gigantescas estatuas de bronce que representaban Quimeras… «Vamos a casa de Ancuţa, a jugar con sus juguetes», me repetía mi madre, pero yo sabía que aquel no era el camino hacia la casa de mi prima. Tenía cada vez más miedo. Llegamos ante un edificio gigantesco, con miles de ventanas de orlas solemnes, con una puerta que me pareció —encuadrada como estaba entre dos grandes mujeres desnudas, de yeso, apoyadas sobre unas urnas— la entrada hacia otro mundo. «Pórtate bien», repitió mamá, y me dejó, llorando, en un pasillo interminable, al cuidado de una mujer vestida de blanco. Me encontré de repente sobre una mesa cubierta con una sábana áspera, bajo un plato inmenso cuajado de bombillas cegadoras. Una cabeza barbuda se inclinó sobre mí, grité otra vez, con desesperación, y ya no supe nada más. Luego lloré durante semanas enteras por mis vestidos y mis muñecas, desaparecidos para siempre…

Todo esto volvía de repente a mi mente con la terrible presión de un muelle comprimido a la fuerza durante varios años; mientras tanto, yo me disolvía en la felicidad y el sufrimiento de la habitación prohibida. Con una sonrisa de bienvenida, el niño espectral se puso en pie y me abrazó por la cintura, juntando su cabeza y sus sienes doradas a mis caderas. ¡Mi querida gemela, mi hermana perdida y encontrada de nuevo! Estuvimos así largo rato, pegados uno al otro, inundados por la tierna luz de la mente.

Desde su rincón, avanzó *un tercero* —casi sin rasgos, como si se cubriera el rostro con una media— que me susurró al oído esas palabras que no olvidaré jamás. El espantoso drama de mi vida. El niño monstruoso, ictifálico, del centro de mi pasado. ¡La herida colocada de repente en su lugar *real*, diez años antes de Lulu! Aquellas palabras acompañadas de un único gesto —mi mano arrastrada por la fuerza hacia su sexo— que habían inducido mi neurosis y habían fragmentado mi conciencia, esas palabras para las que Lulu, rodeado como en una sucia falda por el fantasma de Budila, había sido tan solo una máscara y un pasillo de acceso, resonaron una sola vez tal y como —¡por fin lo recuerdo!— las había oído *verdaderamente* en mi infancia, a los siete años. Reconocí entonces la voz de Dan, Dan el Loco, mi vecino de Ştefan cel Mare, que tenía una madre tan alta que los rasgos de su cara se perdían en una bruma azulada. ¡Recordé, como si amaneciera, todo, absolutamente todo! La terrible escena que cambió el curso de mi vida, después de que dos años antes mi vida hubiera atravesado la línea viva del sexo, como si se hubiera encontrado de golpe al otro lado del espejo…

Dejé allí a los dos niños para que se enfrentaran eternamente: la víctima y el verdugo, el triunfo y el desastre, y huí, cerrando de golpe la puerta de la habitación prohibida, transformado en un instante en un montón de órganos ensangrentados, pero ¡Señor, Dios mío, por fin CURADO!

* * *

Estoy exprimido como un limón, pero CURADO. Dentro
de unos minutos abandonaré esta villa hermosa y cálida rodeada de bosques, el terreno calcinado de mi lucha con el
ángel. Ya está hecha la maleta. La ropa de cama está recogida
y envuelta dentro de una sábana. He ventilado la habitación
por primera vez, porque la nieve ha cesado y el aire es tan
brillante que parece respirar los lejanos montes azules y el sol
de las agujas de los abetos.

Fuera de la maleta he dejado tan solo el montón de papel
en cuya última hoja escribo las últimas líneas. Partiré de
aquí cojeando de una pierna, pero vivo. Subiré al coche y
recorreré la carretera sinuosa hasta Sinaia. Descenderé por
el valle del Prahova, que se abre ante mí rápido y comercial
como un folleto turístico, con sus cabañas en las colinas, las
fábricas de cemento, los depósitos de madera, los puentes
del ferrocarril. Al abandonar los Cárpatos, el aire se tornará
de un gris transparente con la leve pátina de la caída de
la tarde. Silos cilíndricos unidos de cuatro en cuatro. Las
llamas de las refinerías. Los campos nevados sobre los que
cuelga un sol color rubí. En las vías que corren en paralelo
con la carretera, un tren reflejará la luz púrpura de sus decenas de ventanas. Torres de agua coronadas con una especie de platillo volante. Pueblos de gitanos con sus tiendas
andrajosas y sus carros de toldos de plástico. Postes de alta
tensión, cargados de cuervos, cortan el campo en diagonal.
Otros coches por delante y por detrás, que se adelantan entre sí como si jugaran. En el magnetófono, mi amado Joe
Dassin. Y siempre el aire puro y frío sobre el rostro, a través
de la ventanilla entreabierta.

Luego la ciudad, anunciada por la aglomeración de casas derruidas y basura. Avenidas con baches, bloques, tiendas con escaparates pobretones. Gente pululando por doquier, arrebujada en chaquetas y abrigos… Frenazos a cada minuto, paradas en los cruces, atascos en las callejuelas tortuosas, atento para no entrar en sentido contrario…. El apartamento del bloque antiguo, construido entre las dos guerras. La risa siempre falsa, pero sensual, de Delia. Y el perro, y el desgraciado Dionisie Rădăuceanu. Y el club de *bridge*. Y las películas a través del satélite.

Pero antes de partir de aquí, victorioso (¿no es ese acaso el significado de nuestro nombre?) y vencido, he querido verte una vez más, Victor. He ido al baño y te he contemplado de nuevo, como he hecho a lo largo de toda la semana. El rostro seco y moreno, tus ojos atentos y serios. El eterno ocaso que rodea tu cabeza como un aura. ¿Permanecerás siempre junto a mí? ¿O vas a partir, tal y como todos los adolescentes abandonan a los que se diluyen, lentamente, en la madurez?

Antes de salir, he empañado tu imagen y he escrito con el dedo sobre el espejo:

DESAPARECE.

Notas de la traductora

༄

1. Poema *Soledad* de Rainer Maria Rilke.
2. Juego de palabras intraducible: *buda* significa en el habla coloquial «retrete muy rudimentario», prácticamente una letrina, instalado generalmente en una caseta de madera en el exterior de la casa.
3. Famoso pedagogo ruso.
4. Fragmento del poema *Inscripţie pe un portret* del poeta rumano Tudor Arghezi (1880–1967).
5. Significa cabeza del alfiler.
6. Fragmento del poema *Soledad* de Rilke.
7. Se refiere al concepto maya según el hinduismo.
8. Novela de Ionel Tudoreanu.
9. Se trata de un fragmento del poema *De profundis*, de Georg Trakl.
10. Dios de la antigua mitología de Anatolia.
11. Clara alusión al dictador rumano Nicolae Ceauşescu.
12. Referencia a *Amalia*, de Gérard de Nerval.
13. Poema de Tristan Tzara, *Vacanţa in provincie*. La traducción es nuestra.